Né dans le Piémont en 1932, titulaire de la chaire de sémiotique de l'université de Bologne, Umberto Eco a enseigné à Paris au Collège de France ainsi qu'à l'École normale supérieure de la rue d'Ulm. Il est l'auteur de six romans, parmi lesquels le célèbre *Nom de la rose*, et de nombreux essais, dont *Comment voyager avec un saumon* et *À reculons comme une écrevisse*. Umberto Eco est décédé le 19 février 2016 à Milan.

UMBERTO ECO

Numéro zéro

ROMAN TRADUIT DE L'ITALIEN PAR JEAN-NOËL SCHIFANO

GRASSET

Titre original :

NUMERO ZERO
Publié par Bompiani, Milan.

Pour Anita.

Only connect !
E.M. FORSTER

I

Samedi 6 juin 1992, 8 heures

Ce matin, l'eau ne coulait plus au robinet.

Blop blop, deux petits rots de nouveau-né, et puis plus rien.

J'ai frappé à la porte de ma voisine : chez eux, tout est normal. Vous avez dû fermer l'arrivée d'eau, m'a-t-elle dit. Moi ? Je ne sais même pas où est la manette, je vis ici depuis peu, vous le savez, et je ne reviens chez moi que le soir. Mon Dieu, mais quand vous partez pendant une semaine, vous ne fermez pas eau et gaz ? Moi non. Grande imprudence, permettez que j'entre, je vais vous faire voir.

J'ai ouvert le petit placard sous l'évier, elle a bougé quelque chose, et l'eau s'est mise à couler. Vous voyez ? Vous l'aviez fermée. Pardonnez-moi, je suis si distrait. Ah, vous les *single* ! Exit la voisine, qui parle désormais anglais elle aussi.

Pas besoin de s'énerver. Les poltergeist n'existent pas, sinon dans les films. Et il ne faut pas penser que je suis somnambule, parce que même si je l'étais, somnambule, je n'aurais pas connu l'existence de cette manette, sinon j'aurais coupé l'eau, parce que la douche fuit et que je risque toujours de ne pas fermer l'œil de la nuit en entendant tout le temps cette goutte, avec l'impression d'être à Valldemossa. Souvent, en effet, je me réveille, je me lève, et je vais fermer la porte de la salle de bains et celle qui se trouve entre ma chambre et l'entrée, pour ne plus entendre ce maudit goutte à goutte.

Ça ne peut pas avoir été, que sais-je, un faux contact (la manette, comme son nom l'indique, se tourne à la main), ni non plus un rat qui, à supposer même qu'il soit passé par là, n'aurait pas eu la force d'actionner ce truc. C'est une roue en fer à l'ancienne (tout dans cet appartement date d'il y a au moins cinquante ans), et surtout elle est rouillée. Donc, il fallait une main. Humanoïde. Et je n'ai pas une cheminée par où pourrait passer le gros singe de la rue Morgue.

Raisonnons. Chaque effet a sa cause, c'est du moins ce qu'on dit. Écartons le miracle, je ne vois pas pourquoi Dieu devrait se soucier de ma douche, ce n'est quand même pas la mer Rouge. Donc, à effet naturel, cause naturelle. Hier soir, avant de me coucher, j'ai avalé un Stilnox avec un verre d'eau. Et de l'eau, jusqu'à cet instant, il y en avait encore. Ce matin, il n'y en avait plus. Conclusion, mon cher Watson, l'eau a été coupée pendant la nuit – et pas par toi. Une ou plusieurs personnes étaient chez moi et elles ont eu peur que je me réveille. Pas à cause du bruit qu'elles faisaient (elles se déplaçaient à pas super-feutrés) mais à cause de celui de la goutte qui les énervait elles aussi. Alors, les petits malins ont fait ce qu'aurait aussi fait ma voisine : fermer l'arrivée d'eau.

Et après ? Mes livres sont disposés dans leur désordre normal, les services secrets de la moitié du monde pourraient les avoir feuilletés page à page, que je ne m'en apercevrais pas. Il est inutile que je regarde dans les tiroirs ou que j'ouvre l'armoire de l'entrée. S'ils voulaient découvrir quelque chose, il ne leur restait qu'à fouiller dans l'ordinateur. Pour ne pas perdre de temps, peut-être ont-ils tout copié avant de repartir. Ayant ouvert un fichier après l'autre, ils se sont sans doute rendu compte qu'il n'y avait rien d'intéressant dans l'ordinateur.

Qu'espéraient-ils y trouver ? Il est évident – je veux dire, je ne vois pas d'autre explication – qu'ils cherchaient quelque chose qui concernait le journal. Ils ne sont pas idiots, ils ont certainement pensé que j'avais pris des notes sur le travail en cours à la rédaction – et que, si je savais quelque chose de l'histoire de Braggadocio, je l'aurais écrit quelque part. Ils avaient deviné juste, je garde tout sur une disquette. Bien sûr, cette nuit ils ont dû aussi visiter mon bureau, sans trouver de disquettes. Ils sont donc maintenant en train d'en conclure qu'elle est dans ma poche, que je dois la garder sur moi. Imbéciles invétérés que nous sommes, doivent-ils se dire, nous aurions dû fouiller dans sa veste ! Imbéciles ? Connards. S'ils étaient futés, ils ne seraient pas condamnés à faire un aussi sale métier.

Maintenant, ils vont essayer de nouveau, et ils arriveront à me faire le coup de la lettre volée, une agression dans la rue par de faux pickpockets. Il faut que je me dépêche, avant une nouvelle tentative de leur part, de m'expédier la disquette à une boîte postale, et puis je verrai quand la retirer. Mais quelles idioties me passent par la tête ? On a déjà eu un mort et Simei a joué les filles de l'air. Eux, ça ne leur sert à rien de savoir si je sais, et ce que je sais. Par prudence, ils me suppriment, et on n'en parle plus. Et je ne peux pas non plus dire aux journaux que j'ignorais tout de cette affaire, car cette seule affirmation prouverait le contraire.

Comment ai-je fini dans cette galère ? Je crois que la faute en revient au professeur Di Samis et au fait que j'étais bon en allemand.

Pourquoi Di Samis me vient à l'esprit, une histoire vieille de quarante ans ? J'ai toujours pensé que, si je n'ai jamais eu ma licence, c'était la faute de Di Samis et que si j'ai fini dans cette magouille, c'est parce que je n'ai jamais eu ma licence. D'ailleurs, Anna m'a quitté après deux ans de mariage parce qu'elle s'était aperçue, ce sont ses mots à elle, que j'étais un perdant compulsif – qui sait ce que je lui avais raconté avant, pour me faire mousser.

Je n'ai jamais passé ma licence pour la simple raison que je parlais l'allemand. Ma grand-mère était du Haut-Adige et elle me l'a appris enfant. Dès la première année

14

d'université, pour payer mes études, j'ai accepté de traduire des livres de l'allemand. À cette époque, savoir l'allemand était déjà une profession. On lisait et on traduisait des livres que les autres ne comprenaient pas (et qui, à l'époque, étaient considérés comme majeurs), et on était mieux payé que pour le français ou même l'anglais. Aujourd'hui, j'imagine que c'est pareil avec le chinois ou le russe. Quoi qu'il en soit, ou on traduit de l'allemand ou on réussit sa licence, on ne peut pas faire les deux choses à la fois. Traduire veut dire rester chez soi, au chaud ou au frais, travailler en pantoufles, en apprenant un tas de choses. Pourquoi fréquenter les cours à l'université ?

Par nonchalance, je m'étais décidé à m'inscrire à un cours d'allemand. J'aurais peu à étudier, me disais-je, je savais déjà tout. À l'époque, c'était le professeur Di Samis qui faisait autorité. Il avait créé ce que les étudiants appelaient son « nid d'aigle » dans un palais baroque délabré où on montait un escalier monumental pour arriver à un grand vestibule. D'un côté s'ouvrait l'institut de Di Samis, de l'autre il y avait l'amphithéâtre, comme il l'appelait pompeusement, en réalité une salle d'une cinquantaine de places.

On ne pouvait entrer dans l'institut qu'en chaussant des mules. Sur le seuil, il y en avait suffisamment pour les assistants et deux ou trois étudiants. Qui restait sans mules patientait dehors. Tout était ciré, jusqu'aux livres sur les murs je crois. Jusqu'au visage des assistants, si vieux, qui attendaient leur tour pour s'asseoir en chaire depuis des temps préhistoriques.

La salle avait une voûte très haute, des fenêtres gothiques (je n'ai jamais compris pourquoi, dans un palais baroque) et des vitraux verts. À l'heure exacte, c'est-à-dire à une heure quatorze, le professeur Di Samis sortait de l'institut, suivi à un mètre par son plus ancien assistant et, à deux mètres, par les plus jeunes, pas encore quinquagénaires. L'assistant le plus âgé portait les livres du professeur, les jeunes le magnétophone – les magnétophones, jusqu'à la fin des années 1950, étaient énormes, ils ressemblaient à des Rolls-Royce.

Di Samis parcourait les dix mètres qui le séparaient de la salle de cours comme s'il y en avait vingt : il ne suivait pas une ligne droite mais une courbe, parabole ou ellipse, je l'ignore, en disant à haute voix « nous y voici, nous y voici ! », puis il entrait dans la salle et il prenait place sur une sorte de podium sculpté – au point qu'on pouvait s'attendre à ce qu'il débutât par un « appelez-moi Ismaël ».

La lumière verte des vitraux donnait à son visage une couleur cadavérique. Il ébauchait un sourire, malin, tandis que les assistants s'activaient autour du magnétophone. Puis il commençait : « Au contraire de ce qu'a dit récemment mon valeureux collègue, le professeur Bocardo… », et c'était parti pour deux heures.

Cette lumière verte suscitait en moi une somnolence aqueuse, ce qu'exprimaient aussi les yeux des assistants. Je connaissais bien leur souffrance. Au bout des deux heures, tandis que nous nous égaillions dehors, le professeur Di Samis faisait rembobiner la bande magnétique, descendait de son podium, s'asseyait démocratiquement au premier rang avec les assistants et, tous ensemble, ils réécoutaient les deux heures de cours tandis que le professeur approuvait avec satisfaction chaque passage qui lui paraissait essentiel. Et notez bien que le cours portait sur la traduction de la Bible dans l'allemand de Luther. Un délice, disaient mes camarades, le regard défaillant.

À la fin de la deuxième année, fréquentant très peu les cours, je m'étais hasardé à proposer une thèse sur l'ironie chez Heine (sa façon de traiter d'amours malheureuses, avec ce qui m'apparaissait un nécessaire cynisme, me semblait consolante – je me préparais, en fait d'amours, aux miennes) : « Ah, vous les jeunes, vous les jeunes, avait alors émis Di Samis affligé, vous voulez tout de suite vous jeter sur les contemporains... »

J'avais compris, dans une sorte d'illumination, que ma thèse avec Di Samis avait fait long feu. J'avais alors pensé au professeur Ferio, plus jeune, que l'on disait d'une intelligence fulgurante, et qui s'occupait de l'époque romantique et de ses contours immédiats. Mais mes camarades les plus âgés m'avaient averti que, de toute façon, Di Samis serait le second rapporteur, et que je ne devais pas approcher le professeur Ferio de manière officielle sinon Di Samis l'aurait aussitôt su et m'aurait voué une haine éternelle. Je devais prendre des chemins de traverse, comme si Ferio en personne m'avait demandé de faire ma thèse avec lui, de sorte que Di Samis lui en veuille à lui et pas à moi. Il haïssait Ferio pour la simple raison qu'il l'avait titularisé. L'université (à l'époque, mais aujourd'hui encore je crois) fonctionne à l'inverse du monde normal, ce ne sont pas les fils qui haïssent les pères mais les pères qui haïssent les fils.

Je pensais que j'aurais pu approcher Ferio comme par hasard pendant une des conférences mensuelles que Di Samis organisait dans son amphithéâtre, auxquelles assistaient de nombreux collègues car il réussissait toujours à inviter des chercheurs renommés.

Les choses se passaient de la manière suivante : sitôt après la conférence suivait le débat, monopolisé par les enseignants, puis tout le monde sortait car l'orateur était invité au restaurant La Tartaruga, le meilleur du coin, style mi-dix-neuvième, avec ses serveurs en frac. Pour aller du nid d'aigle au restaurant, il fallait parcourir une grande rue à arcades, puis traverser une place historique, tourner au coin d'un immeuble monumental et enfin traverser une deuxième petite place. Or le long des arcades, l'orateur avançait entouré des professeurs titulaires, suivi à un mètre des chargés de cours, suivi à deux mètres des assistants et, à une distance raisonnable, des étudiants les plus téméraires. Arrivés sur la place historique, les étudiants prenaient congé, au coin de l'immeuble monumental les assistants faisaient de même, les chargés de cours traversaient la petite place mais ils saluaient sur le seuil du restaurant, où n'entraient que l'hôte et les professeurs titulaires.

C'est ainsi que le professeur Ferio n'a jamais rien su de mon existence. Entre-temps je m'étais dépris de cette atmosphère, et ne suivais plus les cours. Je traduisais comme un automate, mais il faut accepter ce qu'on nous donne, et je tournais en *dolce stil novo* une œuvre en trois volumes sur le rôle de Friedrich List dans la création du *Zollverein*, l'Union douanière allemande. On comprend pourquoi j'avais alors cessé de traduire de l'allemand, mais il était tard, désormais, pour reprendre l'université.

Le malheur, c'est de ne pas se faire à l'idée : on continue à vivre persuadé qu'un jour ou l'autre on viendra à bout et des examens et de la thèse. Et quand on vit en nourrissant des espérances impossibles, on est déjà un perdant. Quand on s'en rend enfin compte, alors on se laisse aller.

Au début, j'avais trouvé du travail comme tuteur d'un gamin allemand, trop idiot pour aller à l'école, en Engadine. Excellent climat, solitude acceptable : j'ai tenu une année parce que j'étais bien rétribué. Et puis la mère du gamin m'a serré de près, un jour, dans un couloir, en me faisant comprendre qu'il ne lui aurait pas déplu de se donner (à moi). Elle avait les dents en avant et une ombre de moustache, et je lui ai fait courtoisement comprendre que je ne partageais pas ses intentions. Trois jours après, j'ai été licencié parce que le gamin ne faisait pas de progrès.

J'ai alors vécu en faisant l'écrivaillon. Je pensais écrire dans les journaux mais on ne m'a prêté attention que dans quelques quotidiens locaux, genre critique théâtrale pour les spectacles de province et les compagnies en tournée. J'ai eu aussi l'occasion de rendre compte pour quatre sous de l'avant-spectacle, épiant depuis les coulisses les danseuses habillées en petits marins, fasciné par leur cellulite. Je les suivais ensuite à la crémerie, où elles dînaient d'un café au lait, plus un œuf au beurre, si elles n'étaient pas fauchées. C'est là que j'ai eu mes premières expériences sexuelles avec une chanteuse, en échange d'une petite note indulgente – dans un journal de Saluzzo, mais pour elle, c'était suffisant.

J'étais sans patrie, j'ai vécu dans différentes villes (je ne suis arrivé à Milan qu'à l'appel de Simei), j'ai corrigé des épreuves pour au moins trois maisons d'édition (universitaires, jamais pour les grands éditeurs), pour l'une d'elles j'ai revu les entrées d'une encyclopédie (il fallait contrôler les dates, les titres des œuvres, et ainsi de suite). Grâce à ces travaux, je me suis fait ce qu'à un moment donné Paolo Villaggio a appelé une culture monstre. Les perdants, comme les autodidactes, ont toujours des connaissances plus vastes que les gagnants, pour gagner il faut savoir une seule chose et ne pas perdre son temps à les connaître toutes. Le plaisir de l'érudition est réservé aux perdants. Plus quelqu'un sait de choses, plus elles lui sont allées de travers.

Je me suis consacré pendant quelques années à la lecture de manuscrits que les éditeurs (parfois même les plus importants) me confiaient, parce que personne n'a envie de lire les manuscrits qui arrivent. Ils me donnaient cinq mille lires par manuscrit, je restais toute la journée allongé sur mon lit et je lisais furieusement, ensuite je rédigeais un rapport sur deux feuillets en distillant le meilleur de mon sarcasme pour détruire l'imprudent auteur. Dans la maison d'édition, tout le monde était soulagé, ils écrivaient au présomptueux qu'ils étaient au regret de refuser, et hop-là. Lire des manuscrits qui ne seront jamais publiés peut devenir un métier.

Entre-temps, il y avait eu cette chose avec Anna, terminée comme elle devait se terminer. Depuis lors, je n'ai plus pu (ou je n'ai plus férocement voulu) penser avec intérêt à une femme, car j'avais peur d'un nouvel échec. Quant au sexe, j'y ai pourvu de manière thérapeutique, quelques aventures occasionnelles, où tu n'as pas peur de tomber amoureux, une nuit et au plaisir, merci, c'était sympa, plus quelques rapports périodiques monnayés, afin de ne pas être obsédé par le désir (les danseuses m'avaient rendu insensible à la cellulite).

En attendant, mon rêve était celui de tous les perdants : écrire un jour un livre qui m'apporterait gloire et richesse. Dans le but d'apprendre comment on arrivait à devenir un grand écrivain, j'ai même fait le nègre (ou le *ghost writer* comme on dit aujourd'hui, histoire d'être politiquement correct) pour un auteur de série noire qui, à son tour, signait pour vendre mieux d'un nom américain, comme les acteurs des westerns spaghetti. Mais c'était bon de travailler dans l'ombre, à l'abri de deux rideaux (l'Autre, et l'autre nom de l'Autre).

Écrire un polar pour autrui c'était facile, il suffisait d'imiter le style de Chandler, ou au pire de Mickey Spillane ; mais quand j'ai essayé de jeter sur le papier quelque chose de mon cru, je me suis rendu compte que, pour décrire un individu ou un objet, je renvoyais à des situations littéraires : je n'étais pas capable de dire qu'untel se promenait par un après-midi sans nuages et limpide, mais je disais qu'il allait « sous un ciel de Canaletto ». Et puis je me suis aperçu que D'Annunzio procédait de même : pour dire qu'une certaine Costanza Landbrook avait des qualités, il écrivait qu'elle ressemblait à une création de Thomas Lawrence ; il observait que les traits du visage d'Elena Muti faisaient écho à certains profils de Moreau le Jeune, et Andrea Sperelli rappelait le portrait du gentilhomme inconnu de la Galerie Borghese. C'est ainsi que, pour lire un roman, il aurait fallu aller feuilleter certains fascicules d'histoire de l'art en vente dans les kiosques.

Si D'Annunzio était un mauvais écrivain, ça ne voulait pas dire qu'il fallait que je le sois moi aussi. Afin de me libérer du vice de la citation, j'ai décidé de ne plus écrire.

Bref, ça n'a pas été la grande vie. Et, à cinquante ans bien sonnés, m'est arrivée l'invitation de Simei. Pourquoi pas ? Une tentative de plus.

Qu'est-ce que je vais faire à présent ? Si je mets le nez dehors, c'est risqué. J'ai intérêt à attendre ici, au pire, ils sont dehors et attendent que je sorte. Et moi, non, je ne sors pas. Dans la cuisine, il y a plusieurs paquets de crackers et des conserves de viande. Il me reste aussi une demi-bouteille de whisky. Ça peut servir pour me faire passer un jour ou deux. Je me verse deux gouttes (et puis pourquoi pas deux autres gouttes, mais l'après-midi seulement, car à boire le matin, on s'abrutit) et j'essaie de revenir au début de cette aventure, sans avoir besoin de consulter la disquette parce que je me rappelle tout, du moins pour le moment, avec lucidité.

La peur de mourir donne du souffle aux souvenirs.

II

Lundi 6 avril 1992

Simei avait la tête d'un autre. Ce que je veux dire, c'est que moi, je ne me souviens jamais du nom de celui qui s'appelle Rossi, Brambilla, Colombo, ou même Mazzini ou Manzoni, parce qu'il a le nom d'un autre, je me souviens seulement qu'il devrait avoir le nom d'un autre. Bon, la tête de Simei, impossible de se la rappeler car elle ressemblait à celle de quelqu'un qui n'était pas lui. En fait, il avait la tête de tout le monde.

« Un livre ? lui ai-je demandé

— Un livre. Les mémoires d'un journaliste, le récit d'une année de travail pour préparer un quotidien qui ne sortira jamais. D'ailleurs, le titre du journal devrait être *Domani*, "Demain", on dirait une devise pour nos gouvernements, on en parle demain. Donc le livre devra s'intituler *Domani : ieri* – "Demain : hier", pas mal, non ?

— Et vous voulez que je l'écrive ? Pourquoi ne l'écrivez-vous pas vous-même ? Vous êtes journaliste, non ? Du moins, vu que vous allez diriger un journal…

— Il n'est pas dit qu'être directeur signifie savoir écrire. Il n'est pas dit que le ministre de la Défense sache lancer une grenade. Bien sûr tout au long de l'année, nous discuterons du livre jour après jour, il faudra que vous y mettiez le style, le piment, mais les grandes lignes viendront de moi.

— Vous voulez dire que le livre sera signé par vous et moi, ou comme un entretien de Colonna avec Simei ?

— Non, non, mon cher Colonna, le livre paraîtra sous mon nom ; vous l'écrivez et vous disparaissez. Vous serez, sans vouloir vous offenser, un nègre. Dumas en avait un, pourquoi pas moi ?

— Et pourquoi m'avoir choisi, moi ?

— Parce que vous avez des dons d'écrivain.

— Merci.

— … mais personne ne s'en est jamais aperçu.

— Encore merci.

— Pardon, jusqu'à présent vous n'avez collaboré qu'à des quotidiens de province, vous avez été rédacteur et représentant pour certaines maisons d'édition, vous avez écrit un roman pour un autre (ne me demandez pas comment, mais il m'est tombé entre les mains, et ça marche, il y a du rythme), et, à cinquante ans, vous accourez chez moi parce que j'ai peut-être un travail à vous offrir. Vous savez écrire, vous savez ce qu'est un livre,

26

mais vous avez du mal à vivre. Pas de quoi avoir honte. Moi aussi, si je suis sur le point de diriger un journal qui ne sortira jamais, c'est parce que je n'ai jamais été candidat pour le prix Pulitzer, je n'ai fait que gérer un hebdo sportif et un mensuel seulement pour hommes, ou pour hommes seuls, à vous de voir…

— Je pourrais avoir une certaine dignité, et refuser.

— Vous ne le ferez pas parce que, pendant un an, je vous offre six millions de lires par mois, au noir.

— C'est beaucoup, pour un écrivain raté. Et ensuite ?

— Et ensuite, quand vous me remettrez le livre, disons dans un délai de six mois à compter de l'arrêt de l'expérience, dix millions supplémentaires, de la main à la main, cash. Et ceux-là, je les mets de ma poche.

— Et ensuite ?

— Et ensuite, c'est votre affaire. Si vous n'avez pas tout dépensé en femmes, chevaux et champagne, vous aurez gagné en un an et demi plus de quatre-vingts millions de lires, net d'impôts. Vous aurez le temps de voir venir.

— Une minute, que je comprenne bien. Si vous me donnez six millions à moi, qui sait combien vous en touchez, vous. Et puis, il doit y avoir les autres rédacteurs, outre les frais de production, de presse et de distribution, et vous me dites que quelqu'un, un éditeur, je suppose, est disposé à payer pendant une année cette expérience pour n'en rien faire après ?

— Je n'ai pas dit qu'on n'en fera rien. Lui y trouvera son avantage. Mais pas moi, si le journal ne sort pas. Bien sûr, je ne peux pas exclure qu'au bout du compte, l'éditeur décide que le journal doive paraître pour de bon, mais l'affaire prendra alors de telles proportions que je me demande s'il voudra encore que je m'en occupe. Je m'attends à ce que d'ici la fin de cette année l'éditeur annonce que l'expérience aura porté ses fruits et qu'il peut fermer boutique. C'est pour ça que je me prépare : si tout va à vau-l'eau, je publie le livre. Ce sera une bombe, et il me rapportera une fortune en droits d'auteur. Ou bien, mais c'est une façon de parler, quelqu'un ne souhaite pas que je le publie et me donne une somme X. Non déclarée.

— Compris. Mais peut-être, si vous voulez que je collabore loyalement, devriez-vous me dire qui paie, pourquoi le projet *Domani* existe, pourquoi il va sans doute échouer et ce que vous direz dans le livre que, en toute modestie, j'aurai écrit.

— Celui qui paie, c'est le Commandeur Vimercate. Vous devez en avoir entendu parler...

— Je sais qui est Vimercate, de temps à autre il apparaît dans les journaux : il contrôle une dizaine d'hôtels sur la côte adriatique, pas mal de maisons de repos pour retraités et invalides, divers trafics qui font grossir les rumeurs, un petit bouquet de télévisions locales qui commencent à émettre à onze heures du soir avec uniquement des ventes aux enchères, des téléachats, des spectacles en petites tenues, décolletés profonds…

— Et une vingtaine de publications.

— Des petites revues, me semble-t-il, genre potins et people comme *Eux*, *Peeping Tom*, et des hebdos sur des enquêtes judiciaires, par exemple *Le crime illustré*, *Ce que ça cache*, de la saloperie, *trash*.

— Non, il y a aussi des revues spécialisées : jardinage, voyages, automobiles, voiliers, *Le médecin à la maison*. Un empire. Il est beau ce bureau, non ? Jusqu'au ficus comme rappel des gros pavots de la RAI. Et nous avons à notre disposition un *open space*, comme on dit en Amérique, pour les rédacteurs, un petit bureau pour vous, petit mais digne, et une pièce pour les archives. Le tout gratis, dans cet immeuble qui héberge toutes les entreprises du Commandeur. Pour le reste, production et impression des numéros zéro se feront avec le matériel des autres revues, ce qui réduit les coûts de façon acceptable. Et nous sommes presque dans le centre, pas comme les grands quotidiens où l'on n'accède qu'après avoir pris deux métros et un autobus.

— Mais qu'attend le Commandeur de cette expérience ?

— Il veut intégrer les cercles bien fréquentés de la finance, des banques et pourquoi pas des grands journaux. Annoncer la parution d'un nouveau quotidien prêt à dire la vérité sur tout n'est qu'un moyen. Douze numéros zéro, disons 0\1, 0\2 et ainsi de suite, un tirage très limité que le Commandeur évaluera. Et puis il fera en sorte qu'ils soient vus par certaines personnes. Une fois que le Commandeur aura démontré qu'il peut mettre en difficulté ceux qu'on appelle les grands de la finance et de la politique, il est probable qu'on le prie d'en rester là avec ce projet. Il renonce à *Domani* et obtient en contrepartie un ticket d'entrée dans leurs cercles. Mettons, pour donner un chiffre, rien que deux pour cent des parts d'un grand quotidien, d'une banque ou d'une chaîne de télévision qui compte. »

J'avais émis un sifflement : « Deux pour cent, c'est énorme ! Il a les fonds nécessaires ?

— Ne soyez pas naïf. On parle de finance, pas de commerce. D'abord on achète, ensuite on voit que le fric pour payer se trouve.

— J'ai compris. Et je comprends aussi que l'expérience ne devrait marcher que si le Commandeur ne dit pas que le journal en fin de compte ne sortira pas. Tout le monde devra penser que ses rotatives piaffent, pour ainsi dire...

— Évident. Que le journal ne sortira pas, le Commandeur ne me l'a même pas dit à moi, simplement je le soupçonne, autrement dit j'en suis certain. Et il ne faut pas que nos collaborateurs le sachent, nous les rencontrerons demain : nous devons les persuader qu'avec ce travail ils sont en train de bâtir leur avenir. Le reste, c'est entre vous et moi.

— Mais qu'y gagnez-vous, à écrire tout ce que vous avez fait en un an pour favoriser le chantage du Commandeur ?

— N'employez pas le mot chantage. Nous publierons, comme dit le *New York Times*, *"all the news that's fit to print"*...

— ... et sans doute quelques-unes en plus...

— Je vois que vous me comprenez. Et puis si le Commandeur se sert de nos numéros zéro pour effrayer quelqu'un ou pour se torcher le derrière, ce sont ses affaires, pas les nôtres. Mais le hic, c'est que mon livre ne devra pas raconter ce que nous aurons décidé dans nos réunions de rédaction, pour cela je n'aurais pas besoin de vous, un magnétophone me suffirait. Le livre devra donner l'idée d'un autre journal, montrer comment, une année durant, je me suis employé à réaliser un modèle de journalisme indépendant de toute pression, en laissant entendre que l'aventure s'est mal terminée parce qu'on ne pouvait pas donner vie à une voix libre. C'est pour ça que j'ai besoin que vous inventiez, idéalisiez, écriviez une épopée. Suis-je assez clair ?

— Le livre racontera le contraire de ce qui s'est passé. Excellent. Mais vous serez désavoué.

— Par qui ? Par le Commandeur, qui devrait dire que non, que le projet ne visait qu'une extorsion ? Mieux vaut laisser croire qu'il a dû tout larguer car lui aussi a été soumis à des pressions, et qu'il a préféré tuer le journal pour qu'il ne devienne pas une voix "hétérodirecte", comme on dit. Et nos rédacteurs, que le livre aura présentés comme des journalistes de la plus haute intégrité nous désavoueraient-ils ? Mon livre sera un *betzeller* (ainsi prononçait-il, comme tout le monde) auquel personne ne voudra ou ne saura s'opposer.

— C'est bon, vu que l'un et l'autre, nous sommes des hommes sans qualité, excusez la citation, j'accepte le pacte.

— J'aime traiter avec des personnes loyales qui disent ce qu'elles ont sur le cœur. »

III

Mardi 7 avril

Première rencontre avec les rédacteurs. Six, il semble que cela suffise.

Simei m'avait averti que je ne devrais pas aller courir à droite et à gauche pour faire des enquêtes bidon, il fallait que je reste toujours à la rédaction afin de noter les différents événements. Et voici comment, pour justifier ma présence, il avait commencé : « Bonjour, présentons-nous à tour de rôle. Voici le dottor Colonna, homme de grande expérience journalistique. Il travaillera à mes côtés – ce pour quoi nous le qualifierons d'assistant de direction ; sa tâche principale consistera à revoir tous vos articles. Chacun arrive avec ses propres expériences, c'est une chose d'avoir travaillé pour un journal d'extrême gauche et une autre d'avoir collaboré, disons, à *La voix de l'égout*, et comme (vous le voyez) nous sommes spartiatement peu nombreux, celui qui a toujours travaillé à la nécro devra peut-être écrire un article de fond sur la

crise du gouvernement. Il s'agit donc d'uniformi-
ser le style et, si quelqu'un avait la faiblesse d'écrire
palingénésie, Colonna vous dirait qu'il ne faut pas
et il vous proposerait une alternative.

— Une profonde renaissance morale, avais-je
dit.

— Voilà. Et si quelqu'un, pour qualifier une
situation dramatique, écrit que nous sommes dans
"l'œil du cyclone", j'imagine que le dottor Colonna
sera assez avisé pour vous rappeler que, d'après
tous les manuels scientifiques, l'œil du cyclone est
le seul endroit où règne le calme, alors que le
cyclone se développe tout autour de lui.

— Non, dottor Simei, suis-je intervenu, en ce
cas je dirais qu'il faut précisément employer œil
du cyclone car peu importe ce que dit la science,
le lecteur l'ignore, et c'est précisément l'œil du
cyclone qui lui donne l'idée qu'on se trouve en
pleine tempête. C'est ce qu'il a appris par la presse
et la télévision. Et le voilà convaincu qu'on dit
süspèns, à la française, et *management*, alors qu'on
devrait dire *sespèns* (et on écrit *suspense* et non
suspence) et *mànagment*.

— Excellente idée, dottor Colonna, il faut parler le langage du lecteur, pas celui des intellectuels
qui disent "oblitérer" le titre de transport. D'ailleurs, il paraît que notre éditeur a proclamé une
fois que les spectateurs de ses chaînes de télévision
ont une moyenne d'âge (je parle de l'âge mental)
de douze ans. Les nôtres, non, mais il est toujours

utile d'assigner un âge à ses propres lecteurs : les nôtres devraient avoir plus de cinquante ans, être de bons et honnêtes bourgeois partisans de la loi et de l'ordre, mais friands de cancans et de révélations sur les désordres en tout genre. Nous partirons du principe qu'ils ne sont pas ce qu'on appelle des lecteurs assidus, la plupart d'entre eux ne doivent pas avoir un seul livre chez eux, même si, à l'occasion, on parlera du grand roman qui se vend à des millions d'exemplaires à travers le monde. Notre lecteur ne lit pas de livres mais le fait qu'il existe de grands artistes bizarres et milliardaires lui plaît, de même qu'il ne verra jamais de près la diva à longues cuisses et pourtant il voudra tout savoir de ses amours secrètes. Mais laissons aussi les autres se présenter. Commençons par la seule femme, mademoiselle (ou madame)…

— Maia Fresia. Célibataire, ou libre, ou *single*, comme vous voulez. Vingt-huit ans, presque licenciée en lettres, j'ai dû arrêter mes études pour des raisons familiales. Je collaborais depuis cinq ans à une revue people, je devais aller dans le monde du spectacle pour flairer qui entretenait une liaison avec qui, et organiser la planque des photographes ; plus souvent, je devais convaincre un chanteur, une actrice, de s'inventer une aventure, je veux dire promenade main dans la main, poussée jusqu'au baiser furtif, puis convoquer les paparazzi. Au début, ça me plaisait, mais désormais je me suis lassée de débiter des balivernes.

— Et pourquoi, ma jolie, avez-vous accepté de vous joindre à nous ?

— Je pense qu'un quotidien parlera de choses plus sérieuses, et que j'aurai la possibilité de me faire connaître grâce à des reportages où il n'est pas uniquement question de tendre amitié. Je suis curieuse, et je pense être un bon limier. »

Elle était mince et parlait avec un prudent brio.

« Excellent. Vous ?

— Romano Braggadocio…

— Nom étrange, il vient d'où ?

— Voyez-vous, c'est là un des nombreux et grands tourments de ma vie. Il paraît qu'en anglais ça a une vilaine signification, mais heureusement pas dans les autres langues. Mon grand-père était un enfant trouvé et comme vous le savez, le patronyme, dans ces cas-là, était inventé par l'employé de la mairie. Si c'était un sadique, il pouvait même vous affubler d'un Fentecon. Dans le cas de mon grand-père, l'employé n'était qu'à moitié sadique, et il avait une certaine culture… Quant à moi, je suis spécialisé dans les révélations scandaleuses, et je travaillais justement pour une revue de notre éditeur, *Ce que ça cache*. Mais il ne m'a jamais embauché, il me payait à la pige. »

Quant aux quatre autres, Cambria avait passé ses nuits dans les postes de secours ou dans les commissariats pour décrocher la nouvelle fraîche, arrestation, mort dans un accident rocambolesque sur l'autoroute, et il n'avait pas fait carrière ; Lucidi inspirait la défiance au premier regard et il avait collaboré à des publications dont personne n'avait jamais entendu parler ; Palatino avait derrière lui une longue carrière dans des hebdomadaires de jeux et pages d'énigmes variées ; Costanza était prote, mais maintenant les journaux avaient trop de pages, personne ne pouvait tout relire avant de lancer l'impression, et les grands quotidiens écrivaient à présent Simone de Beauvoire ou Beaudelaire, ou Rooswelt, et le prote devenait aussi désuet que la presse de Gutenberg. Aucun de ces compagnons de route n'avait eu d'expériences enthousiasmantes. Comment Simei avait-il fait pour les dénicher, je l'ignore. Probablement sous le pont du roi Saint-Louis.

Les présentations terminées, Simei avait tracé les grandes lignes du journal.

« Donc, nous ferons un quotidien. Pourquoi *Domani* ? Parce que les journaux traditionnels racontaient, et malheureusement racontent encore, les nouvelles de la veille au soir, et voilà pourquoi ils s'appellent *Corriere della Sera*, *Evening Standard* ou *Le Soir*. Or, les nouvelles de la veille, nous les avons déjà apprises par la télévision au journal de vingt heures, par conséquent les journaux racontent toujours ce que l'on sait déjà, et voilà pourquoi ils vendent de moins en moins. Dans *Domani*, ces nouvelles qui puent désormais comme le poisson pourri, seront résumées de façon brève : une petite colonne, qu'on lit en deux minutes, suffira.

— Et alors de quoi doit parler le journal ? avait demandé Cambria.

— Le destin d'un quotidien est désormais de ressembler à un hebdomadaire. Nous parlerons de ce qui peut advenir demain, avec des articles de fond, des suppléments d'enquête, des anticipations inattendues... Je donne un exemple. À quatre heures, une bombe explose, et le lendemain tout le monde est déjà au courant. Eh bien, nous, de quatre heures à minuit, avant de faire tourner les rotas, nous devrons avoir trouvé quelqu'un qui sait quelque chose d'inédit sur les probables responsables, une chose que la police ignore, et échafauder un scénario de ce qui arrivera dans les semaines à venir à cause de cet attentat... »

Braggadocio : « Mais pour mettre en branle des enquêtes de ce genre en huit heures, il faut une rédaction qui fasse au moins dix fois la nôtre et un carnet d'adresses, des contacts, des informateurs ou que sais-je encore...

— Exact et, quand le journal existera, c'est ainsi qu'il lui faudra procéder. Mais pour l'heure, et pendant un an, nous devons seulement démontrer qu'on peut le faire. Et c'est possible parce qu'un numéro zéro peut avoir la date qu'il veut et peut très bien être un exemple de ce qu'aurait été le journal il y a des mois, mettons quand ils ont lancé la bombe. Dans ce cas, nous savons déjà ce qui arrivera après, mais nous parlerons comme si le lecteur, lui, ne le savait pas encore. Par conséquent, toutes nos indiscrétions prendront une saveur d'inédit, de surprenant, d'oraculaire, oserais-je dire. En somme, nous devrons expliquer au commanditaire : voici comment aurait été *Domani* s'il était sorti hier. Vous avez compris ? Et, d'ailleurs, même si personne n'a jamais lancé de bombe, nous pourrions très bien faire un numéro *comme si*.

— Ou lancer nous-mêmes la bombe, si ça nous arrange, avait ricané Braggadocio.

— Ne dites pas de bêtises », l'avait repris Simei. Puis, comme s'il y repensait : « Et si vraiment vous vouliez le faire, ne venez pas vous confier à moi. »

La réunion terminée, je me suis retrouvé dans l'ascenseur avec Braggadocio. « On ne s'est pas déjà rencontrés ? » a-t-il demandé. Il me semblait que non ; lui a dit, possible, d'un air légèrement soupçonneux, et il m'a aussitôt tutoyé. En conférence de rédaction, Simei venait d'instaurer le vous, et moi, d'habitude, je sais tenir mes distances, genre on n'a pas gardé les cochons ensemble, mais de toute évidence Braggadocio soulignait ainsi que nous étions collègues. Je ne voulais pas sembler prendre des grands airs parce que Simei m'avait présenté comme le rédacteur en chef, ou l'équivalent. Par ailleurs, le personnage éveillait ma curiosité et je n'avais rien de mieux à faire.

Il m'a pris par le bras et m'a proposé d'aller boire un verre dans un endroit qu'il connaissait bien. Il souriait de ses lèvres épaisses et de ses yeux un peu bovins, d'une manière qui m'avait semblé laide. Chauve comme von Stroheim, avec la nuque qui continuait à pic sur le cou, mais son visage était celui de Telly Savalas, le lieutenant Kojak. Voilà, toujours la citation.

« Mignonne cette Maia, n'est-ce pas ? »

J'étais embarrassé d'avouer que j'avais à peine jeté un coup d'œil sur elle – je l'ai dit, je me tiens à l'écart des femmes. Il m'a donné un coup de coude : « Ne fais pas le gentilhomme, Colonna. Je t'ai vu, tu lui lançais des regards en coin. À mon avis, c'est le genre qui ne dit pas non. La vérité, c'est qu'elles disent toutes oui, il suffit de savoir les prendre. Un peu trop maigre à mon goût, elle n'a pas de seins, mais au fond, elle pourrait faire l'affaire. »

Nous étions arrivés dans la via Torino et, à la hauteur d'une église, il m'avait fait tourner à droite pour prendre ensuite une ruelle tortueuse, mal éclairée, quelques portes fermées qui sait depuis quand et aucun magasin, comme si elle était désertée depuis longtemps. On aurait dit que flottait une odeur de renfermé, mais ce devait n'être qu'une synesthésie, à cause des murs décrépis et recouverts de graffiti délavés. Au niveau des toits, un tuyau dégageait de la fumée, et on ne comprenait pas d'où elle venait car même les fenêtres des étages étaient closes, comme si plus personne n'y habitait. Peut-être que ce tuyau sortait d'une maison donnant sur une autre rue, et personne ne se souciait d'enfumer une rue abandonnée.

« C'est la via Bagnera, la plus étroite de Milan, même si elle n'est pas comme la rue du Chat-qui-Pêche à Paris, où on ne peut presque pas passer à deux. Elle se nomme via Bagnera, mais autrefois elle s'appelait Stretta Bagnera, tant on s'y sentait à "l'étroit", et avant encore Stretta Bagnaria, en souvenir de quelque bain public de l'époque romaine. »

À cet instant, une femme avec une poussette émergea d'un renfoncement. « Inconsciente ou mal informée, avait commenté Braggadocio. Si j'étais une femme, je ne passerais pas par ici, surtout le soir. Un coup de couteau est vite arrivé. Ce serait bien dommage parce que la nénette est plutôt pas mal, genre mamounette prête à se faire sauter par le plombier. Retourne-toi, regarde comme elle chaloupe. Ici ont eu lieu des faits sanglants. Derrière ces portes désormais barricadées, il doit y avoir encore des caves abandonnées et sans doute des passages secrets. Au XIXᵉ siècle un certain Antonio Boggia, un type de sac et de corde, a attiré un comptable dans l'un de ces sous-sols, en prétextant une révision des comptes, et il l'a frappé avec une hache. La victime est parvenue à se sauver, Boggia est arrêté, jugé fou et enfermé deux ans à l'asile. Mais à peine remis en liberté, il recommence à donner la chasse à des personnes ingénues et friquées, il les attire dans sa cave, les dépouille, les assassine, et il les enterre là. Un serial killer, comme on dirait aujourd'hui, mais un serial killer imprudent car il laisse des traces de ses rapports commerciaux avec ses victimes, et il finit par être arrêté. La police creuse dans la cave, trouve cinq ou six cadavres et Boggia est pendu du côté de la porta Ludovica. On avait donné sa tête au cabinet anatomique de l'hôpital Maggiore – nous étions au temps de Lombroso, et on cherchait dans les crânes et les traits du visage les signes de la criminalité héréditaire. Ensuite, il paraît que cette tête a été enterrée à Musocco, mais qui peut le savoir, ces restes étaient un matériau de choix pour occultistes et possédés de tout acabit… Aujourd'hui encore, dans ces lieux, on sent le souvenir de Boggia, on dirait qu'on est dans le Londres de Jack l'Éventreur, je ne voudrais pas y passer la nuit, et pourtant ça m'attire. J'y reviens souvent, c'est ici, parfois, que je donne certains rendez-vous. »

Au sortir de la via Bagnera, nous nous sommes retrouvés sur une piazza Mentana et Braggadocio m'a fait prendre une via Morigi, assez sombre elle aussi, mais avec quelques petits magasins et de belles portes cochères. La chaussée s'est soudain élargie, s'ouvrant sur un vaste parking entouré de ruines. « Tu vois, m'a dit Braggadocio, à gauche ce sont encore des vestiges romains, presque personne ne se souvient que Milan a été aussi capitale de l'Empire. Donc, on n'y touche pas, même si tout le monde s'en fout. Derrière le parking, tu

vois des maisons encore éventrées par les bombardements de la dernière guerre. »

Les maisons éventrées n'avaient pas la vétusté
tranquille des ruines antiques, désormais réconci-
liées avec la mort, mais elles jetaient des coups
d'œil sinistres par leurs vides inapaisés, comme
atteintes par le lupus.

« Je ne sais pas trop pourquoi personne n'a
cherché à construire sur cette aire, disait Braggadocio, peut-être est-elle protégée, peut-être que le
parking rapporte davantage aux propriétaires que
la construction de maisons à louer. Mais pourquoi
laisser les traces des bombardements ? Cet espace
me fait plus peur que la via Bagnera, mais il me
plaît parce qu'il me dit comment était Milan après
la guerre ; peu d'endroits sont demeurés intacts et
nous rappellent comment était la ville il y a presque
cinquante ans. Et c'est la Milan que je cherche à
retrouver, celle où j'ai vécu enfant. J'avais neuf
ans quand la guerre s'est terminée ; de temps en
temps, la nuit, il me semble entendre encore le
bruit des bombes. Mais il n'y a pas que des ruines :
regarde à l'entrée de la via Morigi, cette tour du
XVIIe, même les bombes ne l'ont pas abattue. Et
plus bas, viens, il y a, depuis le début du XXe, la
taverne Moriggi. Ne me demande pas pourquoi
la taverne a deux *g* et la rue un seul, mais ce doit
être la mairie qui s'est trompée sur les plaques, la
taverne est plus ancienne, et c'est elle qui doit
avoir raison. »

Nous sommes entrés dans une salle aux murs rouges, au plafond décrépi d'où pendait un vieux lampadaire en fer forgé, une tête de cerf trônait sur le comptoir, des centaines de bouteilles de vin poussiéreuses étaient alignées le long des murs, des tables en bois mal dégrossi (avant le dîner, m'a dit Braggadocio, elles sont encore sans leur nappe, plus tard ils mettraient celles à petits carreaux rouges, et pour commander il fallait consulter l'ardoise écrite à la main, comme dans les restaurants français). Étaient attablés des étudiants, quelques personnages bohèmes, aux cheveux longs mais pas soixante-huitards, genre poètes, de ceux qui autrefois portaient le chapeau à larges bords et la cravate lavallière, et aussi des vieux un peu euphoriques dont on ne comprenait pas s'ils étaient là depuis le début du siècle ou si les nouveaux propriétaires les louaient comme figurants. Nous avons grignoté une assiette de fromages, saucissons, lard de Colonnata, et bu du merlot, vraiment bon.

« C'est beau, hein ?, disait Braggadocio, on a l'impression d'être hors du temps.

— Mais pourquoi cette Milan qui ne devrait plus exister t'attire-t-elle ?

— Je te l'ai dit, je veux pouvoir regarder ce dont je ne me souviens presque plus, la Milan de mon grand-père et de mon père. »

Il s'était mis à boire, ses yeux étaient devenus brillants, il avait essuyé avec une serviette en papier un cercle de vin qui s'était formé sur la table de vieux bois.

« J'ai une sale histoire familiale. Mon grand-père était un hiérarque du funeste régime, comme on dit. Et, le 25 avril, un partisan l'a reconnu alors qu'il cherchait à tailler la corde non loin d'ici, dans la via Cappuccio ; ils l'ont attrapé et fusillé, séance tenante, là au coin. Mon père l'a appris avec retard car, fidèle aux idées de grand-père, en 1943, il s'était enrôlé dans la Decima MAS, il avait été capturé à Salò et déporté pendant un an dans le camp de concentration de Coltano. Il s'en était sorti de justesse, on n'avait pas trouvé de véritable chef d'accusation, et puis, en 1946, Togliatti avait déjà procédé à l'amnistie générale. C'est une des contradictions de l'histoire : les fascistes réhabilités par les communistes, mais sans doute Togliatti avait-il raison, il fallait revenir à tout prix à la normalité. Cependant, la normalité, c'était que mon père, avec son passé et l'ombre de son père, ne trouvait pas de travail. Il était entretenu par ma mère qui était couturière. Ainsi, il s'est laissé aller petit à petit, il buvait, et je ne me rappelle que son visage plein de veinules rouges et ses yeux vitreux, tandis qu'il me racontait ses obsessions. Il ne cherchait pas à justifier le fascisme (il n'avait plus d'idéaux désormais), mais il disait que les antifascistes avaient débité quantité d'histoires horribles pour condamner le fascisme. Il ne croyait pas aux six millions de juifs gazés dans les camps.

Il n'était pas de ceux qui, aujourd'hui encore, disent que l'Holocauste n'a pas eu lieu, mais il ne se fiait pas au récit échafaudé par les libérateurs. Des témoignages exagérés, me disait-il, j'ai lu que, d'après certains survivants, au milieu d'un camp, il y avait des montagnes de vêtements des massacrés, d'une hauteur de plus de cent mètres. Cent mètres ? Mais tu te rends compte, me disait-il, qu'un tas haut de cent mètres, vu qu'il doit s'élever en pyramide, devrait avoir une base plus large que la surface du camp ?

— Mais il ne tenait pas compte du fait que ceux qui ont assisté à des événements horribles utilisent des hyperboles dans leurs évocations. Quelqu'un qui assiste à un accident sur l'autoroute raconte que les cadavres baignaient dans un lac de sang, il ne veut pas faire croire que c'était grand comme le lac de Côme, juste rendre l'idée qu'il y avait beaucoup de sang. Mets-toi à la place de ceux qui se souviennent d'une des expériences les plus tragiques de leur vie...

— Je ne dis pas le contraire, mais mon père m'a habitué à ne pas prendre les nouvelles pour argent comptant. Les journaux mentent, les historiens mentent, la télévision aujourd'hui ment. Tu n'as pas vu les journaux télévisés, il y a un an, la guerre du Golfe, le cormoran goudronné qui agonisait dans le golfe Persique ? Ensuite on a vérifié : à cette saison, il était impossible de trouver des cormorans dans le Golfe, et les images dataient de huit ans en arrière, à l'époque de la guerre Iran-Irak. Ou bien, selon d'autres sources, ils avaient pris des cormorans au zoo, et les avaient enduits de pétrole. Et c'est ce qu'ils ont dû faire avec les crimes fascistes. Note bien, ce n'est pas que je sois demeuré attaché aux idées de mon père ou de mon grand-père, ni non plus que je veuille faire semblant que des Juifs aient été massacrés. D'ailleurs quelques-uns de mes meilleurs amis sont juifs, c'est dire. Mais je n'ai plus confiance en rien. Les Américains sont-ils vraiment allés sur la Lune ? Il n'est pas impossible qu'ils aient tout reconstruit en studio. Si tu observes les ombres des astronautes après l'alunage, elles ne sont pas crédibles. Quant à la guerre du Golfe, a-t-elle vraiment eu lieu ou nous a-t-on fait voir des extraits de vieilles archives ? Nous vivons dans le mensonge et, si tu sais qu'on te ment, tu dois vivre dans le soupçon. Moi j'ai des soupçons, j'ai toujours des soupçons. La seule chose vraie dont je trouve des traces est la Milan de ces années-là. Les bombardements ont vraiment eu lieu, et d'ailleurs ce sont les Anglais, ou les Américains, qui les exécutaient.

— Et après, ton père ?

— Il est mort alcoolique quand j'avais treize ans. Pour me libérer de ces souvenirs, devenu grand, je me suis précipité du côté opposé. En 68, j'avais plus de trente ans, mais je m'étais laissé pousser les cheveux, je portais parka et chandail, et j'avais rejoint une communauté de pro-Chinois. Plus tard, j'ai découvert que Mao avait assassiné plus de gens que Staline et Hitler réunis, et qu'en plus les pro-Chinois étaient sans doute infiltrés par des provocateurs des services secrets. Ensuite, je me suis uniquement employé à être le journaliste qui va à la chasse aux complots. J'ai ainsi évité (et j'avais des amitiés dangereuses) de me faire piéger plus tard par les terroristes rouges. J'avais perdu toute certitude, sauf l'assurance qu'il y a toujours quelqu'un dans notre dos pour nous entuber.

— Et maintenant ?

— Maintenant, si ce journal démarre, j'ai peut-être trouvé l'endroit où on prendra au sérieux certaines de mes découvertes... Je suis en train de fourrer les pattes dans une histoire qui... Au-delà du journal, ça pourrait même déboucher sur un livre. Et alors... Mais passons, on en reparlera quand j'aurai rassemblé toutes les données... Mais je dois faire vite, j'ai besoin d'argent. Le peu de fric que nous donne Simei, c'est déjà quelque chose, mais ça ne suffit pas.

— Pour vivre ?

— Non, pour m'acheter une voiture ; bien sûr je l'achèterai à crédit, mais il faudra bien que je paie les mensualités. Et puis j'en ai besoin tout de suite, pour mon enquête.

— Tu dis que tu veux faire du fric avec ton enquête pour t'acheter une voiture, mais tu as besoin d'une voiture pour mener ton enquête.

— Je vais avoir besoin de me déplacer, de visiter des lieux, peut-être d'interroger des gens. Si je suis coincé à la rédaction tous les jours, il va me falloir tout reconstruire de mémoire, ne travailler que de tête. Comme si c'était le seul problème.

— Et quel est le vrai problème ?

— Tu vois, je ne suis pas un indécis, mais pour comprendre ce qu'il faut faire, il faut concilier toutes les données. Un fait isolé ne dit rien ; pris tous ensemble, ils révèlent ce qui n'apparaissait pas à première vue. Il faut faire ressortir ce qu'ils tentent de nous cacher.

— Tu parles de ton enquête ?

— Non, je parle du choix de la bagnole. »

Il dessinait sur la table avec un doigt trempé dans le vin, comme s'il traçait, à la manière des magazines de jeux, une série de points qu'on doit relier pour obtenir une figure.

« Une voiture doit être rapide, et d'une certaine classe, je n'en cherche pas une de série, et puis pour moi, c'est la traction avant sinon rien. Je pensais à une Lancia Thema turbo 16v, c'est une des plus chères, presque soixante millions de lires. Je pourrais bien tenter le coup, deux cent trente-cinq à l'heure, une accélération de zéro à cent en 7.2". C'est presque le maxi.

— Elle est chère.

— Pas que ça, mais il faut découvrir les détails que les fabricants nous cachent. Quand les publicités automobiles ne mentent pas, elles se taisent. Il faut éplucher les fiches techniques des revues spécialisées, et on découvre qu'elle fait cent quatre-vingt-trois centimètres de large.

— Ce n'est pas bien ?

— Toi non plus tu n'y fais pas gaffe : dans les différentes publicités, ils mettent toujours la longueur qui, sans aucun doute, compte pour faire un créneau ou pour crâner, mais ils précisent rarement la largeur, qui est fondamentale si on a un garage petit ou une place de parking minuscule, sans parler du temps qu'on passe à tourner comme un dingue pour trouver un interstice où se glisser. La largeur est fondamentale. Il faut viser en dessous du mètre soixante-dix.

— Ça se trouve, j'imagine.

— C'est sûr, mais avec un mètre soixante-dix on est à l'étroit ; si on a un passager, on n'a pas assez d'espace pour le coude droit. Et puis on n'a pas toutes les commandes multiples à portée de la main droite, près du changement de vitesse.

— Et alors ?

— Il faut veiller à ce que le tableau de bord soit suffisamment riche, et qu'il y ait des commandes au volant, pour ne pas tâtonner de la main droite. Et voilà, je t'ai fait le portrait de la Saab neuf cents turbo, un mètre soixante-huit, vitesse maxi deux cent trente à l'heure, et on descend à cinquante millions environ.

— C'est ta voiture.

— Oui, mais en tout petit, dans un coin ils précisent qu'elle a une accélération en 8.5" alors que l'idéal c'est au moins 7, comme pour la Rover deux cent vingt turbo, quarante millions, largeur un mètre soixante-huit, vitesse maxi deux cent trente-cinq à l'heure et accélération en 6.6", un bolide.

— Et alors, c'est vers ce modèle que tu dois t'orienter…

— Non, parce que c'est seulement tout en bas de la fiche qu'ils te révèlent une hauteur d'un mètre trente-sept. Trop bas pour un individu corpulent comme moi, un engin de course pour snobinards qui veulent jouer les sportifs, tandis que la Lancia fait un mètre quarante-trois de haut et la Saab un mètre quarante-quatre, et là on peut y monter en môssieur. Et si c'était que ça, si tu es un snobinard tu ne vas pas regarder les données techniques qui sont comme les contre-indications des médicaments dans les notices, écrites en tout petit de sorte que t'échappe le fait qu'en les prenant tu es mort le lendemain. La Rover deux cent vingt ne pèse que mille cent quatre-vingt-cinq kilos : c'est peu, si on rentre dans un semi-remorque, il la démolit comme un rien, alors qu'il faut s'orienter vers des bagnoles plus lourdes, avec des renforts d'acier, je ne dis pas la Volvo qui est un char d'assaut, trop lente cependant, mais au moins la Rover 820 TI, autour des cinquante millions, deux cent trente à l'heure et mille quatre cent vingt kilos.

— Mais j'imagine que tu l'as écartée parce que... avais-je commenté, désormais en mode parano moi aussi.

— Parce qu'elle a une accélération de 8.2" : c'est une tortue, elle n'a pas de reprise. Pareil avec la Mercedes C deux cent quatre-vingts, qui aurait une largeur de cent soixante-douze mais, à part qu'elle coûte soixante-sept millions, elle a une accélération de 8.8". Et puis, ils demandent cinq mois pour la livraison. Et ça aussi, il faut le prendre en compte si on calcule que, pour certaines de celles que je t'ai citées, il faut deux mois quand d'autres sont disponibles tout de suite. Pourquoi tout de suite ? Parce que personne n'en veut. Méfiance. Il paraît que la Calibra turbo 16v, deux cent quarante-cinq kilomètres à l'heure, traction intégrale, accélération 6.8", un mètre soixante-neuf de large, et un peu plus de cinquante millions, est prête pour la livraison.

— Pas mal, je dirais.

— Eh bien non, parce qu'elle ne pèse que mille cent trente-cinq kilos, trop légère, et ne fait qu'un mètre trente-deux de hauteur, pire que toutes les autres, pour client friqué mais nain. Et si les problèmes s'arrêtaient là. Tu ne tiens pas compte du coffre à bagages. Le plus grand est celui de la Thema 16v turbo, mais elle a déjà un mètre soixante-quinze de large. Parmi les voitures étroites, je me suis arrêté un instant sur la Delta deux point zéro LX, avec un beau coffre, mais non seulement elle a une accélération de 9.4", mais elle pèse à peine plus de mille deux cents kilos et ne fait que du deux cent dix à l'heure.

— Et alors ?

— Et alors, je ne sais plus où donner de la tête. J'ai déjà l'esprit occupé par mon enquête, et je me réveille la nuit pour comparer les bagnoles.

— Mais tu sais tout par cœur ?

— J'ai fait des tableaux, mais l'ennui c'est que je les ai appris par cœur, et c'est infernal. Je commence à penser que tous les modèles ont été conçus pour que je ne puisse pas les acheter.

— Tu n'exagères pas un peu, avec ces soupçons ?

— Les soupçons ne sont jamais exagérés. Soupçonner, soupçonner toujours, ainsi tu trouves la vérité. N'est-ce pas ce que la science préconise ?

— Si, elle le dit et elle le fait.

— Bobards, même la science ment. Regarde l'histoire de la fusion froide. Ils nous ont menti pendant des mois, ensuite on a découvert que c'étaient des craques.

— Mais ils l'ont découvert.

— Qui ? Le Pentagone, qui voulait peut-être couvrir quelque chose de gênant. Ils avaient peut-être raison, ceux de la fusion froide, et les menteurs sont ceux qui ont dit que les autres mentaient.

— Passe encore pour le Pentagone et la CIA, mais tu ne peux tout de même pas imaginer que toutes les revues automobiles dépendent des services secrets de la démoplutojudéocratie en embuscade ? » Je cherchais à le ramener au sens commun.

« Ah oui ? m'a-t-il dit avec un sourire amer. Elles aussi sont liées à la grande industrie américaine et aux sept sœurs du pétrole, justement celles qui ont assassiné Mattei, ce dont je pourrais me foutre tout à fait, sauf que ce sont les mêmes qui ont fait fusiller mon grand-père en finançant les partisans. Tu vois comme tout est lié ? »

Les serveurs mettaient les nappes, et nous faisaient comprendre que le temps de ceux qui ne buvaient que deux verres de vin était passé.

« Autrefois, avec deux verres, tu pouvais rester jusqu'à deux heures du matin, a soupiré Braggadocio, mais maintenant, ici aussi, ils visent le pognon. Il se peut bien qu'un de ces quatre ils transforment le bistro en une discothèque avec des éclairages stroboscopiques. Ici, tout est encore vrai, mais ça pue déjà comme si tout était faux. Imagine un peu que les patrons de cette taverne milanaise sont depuis longtemps des Toscans, c'est ce qu'on m'a dit. Je n'ai rien contre les Toscans, ce sont sans doute de braves gens, mais je me souviens, quand j'étais petit, lorsqu'on parlait de la fille d'amis qui avait fait un mauvais mariage, un de nos cousins expliquait, d'un air entendu : c'est qu'il faudrait élever un mur au sud de

Florence. Et ma mère se récriait : au sud de Florence ?... Au sud de Bologne, oui ! »

Tandis que nous attendions l'addition, Braggadocio m'a demandé, presque à voix basse : « Tu ne pourrais pas me faire un prêt ? Deux mois, et je te rembourse.

— Moi ? Mais je n'ai pas le sou, comme toi.

— Possible. Je ne sais pas combien te paye Simei et je n'ai pas à le savoir. C'était une question. Quoi qu'il en soit, tu paies l'addition, non ? »

C'est ainsi que j'ai connu Braggadocio.

IV

Mercredi 8 avril

Le lendemain s'était tenue la première véritable réunion de rédaction.

« Faisons le journal du 18 février de cette année, avait dit Simei.

— Pourquoi le 18 février ? avait demandé Cambria qui se distinguerait par la suite comme celui qui posait toujours les questions les plus débiles.

— Parce que cet hiver-là, le 17 février, les carabiniers ont fait irruption dans le bureau de Mario Chiesa, président du Pio Albergo Trivulzio et personnage en vue du Parti socialiste milanais. Vous le savez tous, Chiesa avait demandé des dessous-de-table pour une adjudication à une entreprise de nettoyage de Monza. Ce devait être une affaire de cent quarante millions de lires, sur lesquels il prétendait toucher dix pour cent, et vous voyez que même un hospice pour petits vieux est une belle vache à lait. Ce ne devait pas être la première fois, parce que le mec de la société en a eu marre de payer et il a dénoncé Chiesa. Il était allé au rendez-vous pour lui remettre la première tranche des quatorze millions convenus, mais avec un micro et une caméra cachés. À peine Chiesa avait-il accepté le pot-de-vin que les carabiniers avaient surgi dans son bureau. Chiesa, terrorisé, avait saisi dans son tiroir d'autres liasses de billets qu'il avait déjà récoltées de cette façon. Il s'était précipité dans les toilettes pour y jeter les billets, mais peine perdue, avant qu'il ait eu le temps de détruire tout ce fric, il était déjà menotté. Cette histoire, vous vous en souvenez, et maintenant, Cambria, vous savez ce qu'il nous faudra raconter dans le journal du lendemain. Allez dans les archives, relisez bien les informations de ce jour-là et faites-nous une petite colonne d'ouverture, non, mieux, un bon gros article, parce que si je me souviens bien, les journaux télévisés, ce soir-là, n'en avaient pas parlé.

— Okay, chef. J'y vais.

— Attendez, car c'est ici qu'intervient la mission de *Domani*. Vous vous rappelez que les jours suivants on avait cherché à minimiser l'importance de ce fait, Craxi avait dit qu'au fond Chiesa n'était qu'un petit voyou, et il l'aurait lâché, mais ce que le lecteur du 18 février ne pouvait pas encore savoir, c'est que les magistrats poursuivraient l'enquête, et qu'émergeait alors un véritable limier, ce juge Di Pietro que maintenant tout le monde connaît mais dont personne n'avait entendu parler à l'époque. Di Pietro a cuisiné Chiesa, a découvert ses comptes en Suisse, il lui a fait avouer qu'il n'était pas un cas isolé, et voilà que peu à peu il met en pleine lumière un réseau de corruption politique qui s'étend à tous les partis. On en a vu les premières conséquences ces jours-ci : la Démocratie chrétienne et le Parti socialiste ont perdu un gros paquet de voix aux élections, vous l'aurez remarqué, la Ligue s'est renforcée et, avec sa haine des gouvernements romains, elle fait ses choux gras du scandale. Les arrestations se multiplient, les partis se délitent et certains disent que, une fois le mur de Berlin tombé et l'Union soviétique dissoute, les Américains n'ont plus besoin des partis, qu'ils pouvaient manœuvrer, et qu'ils les ont laissés aux mains des magistrats – à moins que les magistrats ne jouent un scénario écrit par les services secrets américains. Cependant, pour l'heure n'exagérons rien. Voilà, c'est la situation aujourd'hui, mais le 18 février, personne ne pouvait imaginer ce qui se passerait. Et pourtant *Domani* l'imaginera, et fera une série de prévisions. Cet article d'hypothèses et d'insinuations, je vous le confie à vous, Lucidi. Vous devrez être aussi habile à glisser *peut-être* et *sans doute* qu'à raconter ce qui se vérifiera par la suite. Avec quelques noms d'hommes politiques, persillez bien entre les différents partis, mettez les divers gauche aussi, laissez entendre que le journal est sur la piste d'autres documents, et dites-le de manière à faire mourir d'effroi même ceux qui liront notre numéro 0\1 tout en sachant ce qui s'est passé au cours des deux mois suivants, mais ils se demanderont ce que pourrait bien être un numéro zéro avec la date d'aujourd'hui... Compris ? Au travail.

— Pourquoi moi ? » avait demandé Lucidi.

Simei l'a regardé d'une façon étrange, comme s'il devait comprendre ce que nous ne comprenions pas : « Parce que j'ai l'impression que vous êtes particulièrement doué pour recueillir des rumeurs et les rapporter à qui de droit. »

Plus tard, entre quatre-z-yeux, j'avais demandé à Simei ce qu'il voulait dire. « N'allez pas en parler avec les autres, m'avait-il dit, mais à mon avis Lucidi est embringué dans les services, et le journalisme est pour lui une couverture.

— Vous êtes en train de me dire que c'est un espion ? Et pourquoi vouliez-vous un espion dans la rédaction ?

— Parce que ce n'est pas grave s'il nous espionne nous, que peut-il raconter sinon des choses que les services comprendraient parfaitement en lisant n'importe lequel de nos numéros zéro ? Par contre il peut nous apporter des informations qu'il a apprises en espionnant les autres. »

Simei n'est sans doute pas un grand journaliste, avais-je pensé, mais dans son genre, c'est un génie. Et il m'est venu à l'esprit le mot attribué à un chef d'orchestre, une vraie langue de vipère, à propos d'un musicien : « Dans son genre, c'est un dieu. C'est son genre qui est de la merde. »

V

Vendredi 10 avril

Tandis que l'on continuait à réfléchir à ce que nous allions mettre dans le numéro 0\1, Simei ouvrait de vastes parenthèses sur quelques principes essentiels de notre travail.

« Colonna, expliquez un peu à nos amis comment on peut observer, ou faire semblant d'observer, un principe fondamental du journalisme démocratique : séparer les faits des opinions. Des opinions, dans *Domani*, il y en aura beaucoup, et présentées comme telles, mais comment démontre-t-on que dans d'autres articles on ne cite que les faits ?

— Très simple, avais-je répondu. Regardez les grands journaux anglo-saxons. S'ils décrivent, que sais-je, un incendie ou un accident d'automobile, ils ne peuvent évidemment pas dire ce qu'ils en pensent, eux. Et alors ils insèrent dans l'article, entre guillemets, les déclarations d'un témoin, un homme de la rue, un représentant de l'opinion publique. Une fois les guillemets mis, ces affirmations deviennent des faits, car c'est un fait qu'untel a exprimé telle opinion. On pourrait cependant supposer que le journaliste n'a donné la parole qu'à quelqu'un qui pense comme lui. C'est pourquoi il faudra deux déclarations, contradictoires, pour démontrer qu'il y a sur une même affaire des opinions divergentes – et le journal rend compte de ce fait incontestable. L'astuce, c'est de mettre entre guillemets d'abord une opinion banale, puis une autre opinion, plus raisonnée, qui reflète celle du journaliste. Ainsi le lecteur a l'impression d'avoir été informé sur deux faits, mais il est amené à accepter une seule opinion comme la plus convaincante. Donnons un exemple : un viaduc s'est effondré, un camion a basculé dans le vide et le chauffeur est mort. Le texte, après avoir relaté rigoureusement les faits, dira : nous avons entendu monsieur Rossi, 42 ans, qui tient un kiosque à journaux au coin de la rue. *Que voulez-vous, c'est la fatalité*, a-t-il dit, *je regrette pour ce pauvre homme, mais le destin, c'est le destin*. Sitôt après, un monsieur Bianchi, 34 ans, maçon qui travaille sur un chantier tout à côté, dira : *C'est la faute de la mairie, on le savait depuis longtemps que ce viaduc avait des problèmes*. À qui s'identifiera le lecteur ? Qui incrimine-t-il, qui pointe-t-il du doigt ? C'est clair ? Le problème, ce sont les guillemets – où et quand les mettre. Faisons quelques exercices. Commençons par vous, Costanza. La bombe de la piazza Fontana a explosé. »

Costanza réfléchit un instant : « Monsieur Rossi, 41 ans, employé de mairie, qui aurait pu se trouver dans la banque quand la bombe a explosé, nous a dit : *Je n'étais pas très loin et j'ai entendu l'explosion. Horrible. Derrière, se cache quelqu'un qui veut pêcher en eaux troubles, mais nous ne saurons jamais qui.* Monsieur Bianchi (50 ans, coiffeur) passait lui aussi à proximité au moment de l'explosion, qu'il se rappelle assourdissante et terrible : *L'attentat typique de marque anarchiste, pas de doute.*

— Excellent. Mademoiselle Fresia, la nouvelle de la mort de Napoléon vient de tomber.

— Ben, je dirais que monsieur Blanche, donnons pour exacts son âge et sa profession, nous dit qu'il a sans doute été injuste d'enfermer sur cette île un homme désormais fini, le pauvre, lui aussi avait une famille. Monsieur Manzoni, mieux Mansonì, nous dit : *Un homme a disparu qui a changé le monde, du Manzanares au Rhin, un grand homme.*

— Pas mal du tout le Manzanares, avait souri Simei. Mais pour faire passer des opinions mine de rien, il existe d'autres moyens. Pour construire un journal il faut, comme on dit dans les autres rédactions, fixer l'agenda. Des nouvelles à donner en ce monde, il y en a une infinité, mais pour quelle raison signaler qu'il y a eu un accident à

Bergame et taire qu'il y en a eu un autre à Messine ? Ce ne sont pas les informations qui font le journal, mais le journal qui fait l'information. Et savoir rassembler quatre nouvelles différentes signifie en proposer au lecteur une cinquième. Voici un quotidien d'avant-hier, sur la même page on lit : Milan, elle jette son fils nouveau-né dans les WC ; Pescara, la mort de Davide, son frère n'y est pour rien ; Amalfi, il accuse d'escroquerie la psychologue à qui il avait confié sa fille anorexique ; Buscate, après quatorze années, le jeune de quinze ans qui avait tué un enfant de huit ans sort de la maison de correction. Et un gros titre : "Société Enfants Violence". Bien sûr, il est question de violence où est impliqué un mineur, mais il s'agit de phénomènes très différents. Dans un seul cas (l'infanticide) il s'agit de violence parentale, l'histoire de la psychologue ne concerne pas les enfants, me semble-t-il, car on ne précise pas l'âge de la jeune fille anorexique, celle de Pescara prouve, s'il le fallait, qu'il n'y a pas eu violence, et que le garçon est mort accidentellement, et enfin le cas de Buscate, à bien lire, concerne un gaillard de presque trente ans, et la véritable information date d'il y a quatorze ans. Avec cette page, que voulait nous dire le journal ? Peut-être rien d'intentionnel, un rédacteur paresseux s'est retrouvé avec quatre dépêches d'agence sous les yeux, et il a trouvé utile de les regrouper, parce que ça faisait plus d'effet. Mais en vérité, le journal nous transmet une idée, un signal d'alarme, un avertissement – que moi je connais... Et dans tous les cas, pensez au lecteur, prises séparément, ces nouvelles l'auraient laissé indifférent ; assemblées, elles l'obligent à rester sur la page. Compris ? Je sais que vous en perdez votre latin parce que les journaux écrivent toujours : un ouvrier calabrais agresse son compagnon de travail, et jamais : un ouvrier de Cuneo agresse son compagnon de travail. D'accord, il s'agit de racisme, mais imaginez une page où on dirait un ouvrier de Cuneo agresse... un retraité de Mestre tue son épouse, un kiosquier de Bologne se suicide, un maçon génois signe un chèque en bois, qu'importe au lecteur où sont nés ces types ? Tandis que si on parle d'un ouvrier calabrais, d'un retraité de Matera, d'un kiosquier de Foggia et d'un maçon palermitain, alors on crée une inquiétude autour de la délinquance méridionale, et cela fait sensation... Nous sommes un journal de Milan, pas de Catane, et nous devons tenir compte de la sensibilité du lecteur milanais. Notez que créer la nouvelle est une belle expression, créons-la, il faut savoir la faire jaillir entre les lignes. Colonna, utilisez vos heures de loisir avec nos rédacteurs pour feuilleter les dépêches d'agence, et construisez quelques pages à thème, entraînez-vous à faire naître la nouvelle là où elle n'existait pas ou bien là où on ne savait pas la voir, courage. »

Un autre sujet était celui du démenti. Nous étions encore un journal sans lecteurs et donc, quelle que fût l'information, il n'y aurait personne pour la démentir. Mais un journal digne de ce nom doit savoir affronter les démentis, surtout si c'est un journal qui n'a pas peur de mettre les mains dans quelque chose de pourri. Afin de s'entraîner pour le jour où arriveraient les démentis réels, c'était l'occasion d'inventer quelques lettres de lecteurs suivies de démentis. Pour faire voir au commanditaire de quelle pâte nous étions faits.

« J'en ai parlé hier avec le dottor Colonna. Colonna, voulez-vous dispenser, pour ainsi dire, un beau cours sur la technique du démenti ?

— Bien, avais-je répondu, prenons un cas d'école, fictif et même, dirais-je, exagéré. C'est une parodie du démenti sorti il y a quelques années dans *L'Espresso*. On partait de l'hypothèse que le journal avait reçu une lettre d'un certain Preciso Démentalo. Je vous la lis.

Monsieur le Directeur, en référence à l'article "Aux Ides j'avais le regard vide" paru dans le précédent numéro de votre journal sous la signature d'Aleteo Verità, je me permets de préciser ce qui suit. Il n'est pas vrai que j'aie été présent à l'assassinat de Jules César. Comme vous pouvez le déduire du certificat de naissance ci-joint, je suis né à Molfetta le 15 mars 1944 et par conséquent bien des siècles après le funeste événement, que d'ailleurs j'ai toujours condamné. Monsieur Verità doit avoir fait une confusion quand je lui ai dit que je célèbre toujours avec quelques amis le 15 mars 44.

Il est également inexact que j'aie dit par la suite à un certain Brutus : "Nous nous reverrons à Philippes." Je précise n'avoir jamais eu de contacts avec ce monsieur Brutus dont j'ignorais le nom hier encore. Au cours de notre bref entretien téléphonique, j'ai effectivement dit à monsieur Verità que je reverrais au plus tôt l'assesseur à la circulation Philippe, mais la phrase a été prononcée dans le cadre d'une conversation sur le trafic automobile. Dans un tel contexte, je n'ai jamais dit être en train d'engager des assassins pour éliminer ce fou de traître de Jules César, mais que "j'encourageais l'assesseur à éliminer ce foutu trafic sur la place Jules César". Je vous remercie, avec mes salutations distinguées, votre Preciso Démentalo.

Comment réagir à un démenti aussi précis sans perdre la face ? Voici une bonne réponse.

Je prends acte que monsieur Démentalo ne dément absolument pas que Jules César a été assassiné aux Ides de mars 44. Je prends aussi acte du fait que monsieur Démentalo célèbre toujours avec ses amis l'anniversaire du 15 mars 1944. C'était cette curieuse coutume que voulait dénoncer mon article. Monsieur Démentalo aura sans doute ses raisons personnelles pour fêter cette date avec d'abondantes libations, mais il admettra que la coïncidence est pour le moins curieuse. Il se rappellera en outre que, au cours du long et solide entretien téléphonique qu'il m'a accordé, il a prononcé la phrase : "Je suis d'avis qu'il faut toujours rendre à César ce qui est à César" ; une source très proche de monsieur Démentalo – et dont je n'ai aucune raison de douter – m'a assuré que ce que César a reçu, ce sont vingt-trois coups de poignard.

Je note que tout au long de sa lettre monsieur Démentalo évite de nous préciser qui, en définitive, a assené ces coups de poignard. Quant à la pénible explication sur Philippes, j'ai sous les yeux mon carnet où est écrit, sans l'ombre d'un doute, que monsieur Démentalo n'a pas dit "Nous nous reverrons chez Philippe" mais bien "Nous nous reverrons à Philippes".

De même je peux confirmer les menaces prononcées à l'égard de Jules César. Les notes dans mon carnet, que j'ai sous les yeux en ce moment, disent distinctement : "Suis en t d'eng assss élim ce fou tr Jules César." Ce n'est pas en se raccrochant à n'importe quoi et en jouant sur les mots qu'on peut fuir de lourdes responsabilités, ou bâillonner la presse.

Suit le paraphe d'Aleteo Verità. En quoi ce démenti au démenti est-il efficace ? D'abord, le fait que le journal a tout appris de sources proches de monsieur Démentalo. Ça, ça marche toujours, on ne cite pas les noms, mais on suggère que le journal a ses propres sources, peut-être plus fiables que Démentalo. Ensuite, on a recours au carnet du journaliste que personne ne verra jamais, mais l'idée d'une transcription en direct inspire confiance et sous-entend qu'il existe des documents. Enfin, on répète des insinuations qui, en soi, ne valent rien mais jettent une ombre de soupçon sur Démentalo. Je ne dis pas que les démentis doivent tous être faits sur ce modèle, nous avons ici une parodie, mais gardez bien à l'esprit les trois éléments fondamentaux pour un démenti du démenti : les rumeurs, les notes dans le carnet, et les doutes variés sur la fiabilité de l'auteur du démenti. Compris ?

— Excellent », avaient-ils tous répondu d'une seule voix. Et le lendemain chacun avait apporté des exemples de démentis plus crédibles, et de démentis du démenti moins grotesques mais tout aussi efficaces. Mes six élèves avaient bien compris la leçon.

Maia Fresia avait proposé : « *Nous prenons acte du démenti mais nous précisons que tout ce que nous avons rapporté provient des actes de la magistrature, en d'autres termes de la mise en examen.*

Le lecteur ignore que Démentalo a été acquitté pendant l'instruction. Et il ignore aussi que les actes devaient être protégés, que la façon dont ils nous sont parvenus n'est pas claire, ni à quel point ils sont authentiques. J'ai fait mon exercice, dottor Simei, mais, si vous le permettez, je trouve, comment dire, que c'est une crapulerie.

— Ma jolie, avait gloussé Simei, ça aurait été une crapulerie bien pire d'admettre que le journal n'a pas vérifié ses sources. Mais je suis d'accord : plutôt que de bâtir son argument sur des données que quelqu'un pourrait vérifier, il vaut toujours mieux se limiter à insinuer. Les sous-entendus ne sont jamais précis, ils ne servent qu'à jeter une ombre de soupçon sur celui qui dément. Par exemple : *nous prenons volontiers acte de la précision, mais il apparaît que signor Démentalo* (toujours utiliser signor, signor Démentalo, pas de titre, pas d'onorevole ou de dottor, monsieur est la pire des insultes, dans notre pays), *il apparaît que le Signor Démentalo a envoyé des dizaines de démentis à différents journaux. Il faut croire qu'il s'agit d'une activité compulsive à plein temps.* Dès lors, si Démentalo envoie un autre démenti, nous sommes autorisés à ne pas le publier, ou à faire remarquer que monsieur Démentalo continue à répéter les mêmes choses. Ainsi le lecteur est convaincu que c'est un parano. Vous voyez l'avantage de l'insinuation : en affirmant que Démentalo a déjà écrit à d'autres journaux, nous ne disons que la vérité, qui ne peut pas être démentie. L'insinuation efficace est celle qui relate des faits en soi dénués de valeur, mais non sujets à démentis parce que vrais. »

Ayant fait trésor de tous ces conseils, nous nous sommes livrés – comme disait Simei – à un *brainstorming*. Palatino s'était rappelé que, jusqu'à présent, il avait travaillé pour des revues de jeux et il a proposé que le journal, avec le programme télé, la météo et les horoscopes, leur consacre une demi-page.

Simei l'avait interrompu : « Les horoscopes, bon sang, heureusement que tu nous y as fait penser, c'est la première chose que nos lecteurs chercheront ! Mademoiselle Fresia, voici votre première tâche, allez lire plusieurs journaux et revues qui en publient, et tirez-en quelques thèmes récurrents. Et limitez-vous aux seuls pronostics optimistes, les gens n'aiment pas s'entendre dire que le mois prochain, ils vont mourir d'un cancer. Et que les prévisions conviennent à tout le monde, je veux dire qu'une lectrice de soixante ans ne s'attend pas à rencontrer l'homme de sa vie, mais que les capricornes doivent s'attendre dans les prochains mois à un événement heureux, ça passe pour tout le monde, aussi bien pour les ados, s'ils nous lisent, que pour les couguars et les comptables en attente d'une augmentation de salaire. Mais venons-en aux jeux, cher Palatino. À quoi pensez-vous ? Mots croisés, par exemple ?

— Mots croisés, avait dit Palatino, mais hélas si nous allons au-delà de : A débarqué à Marsala », ô miracle si le lecteur écrit Garibaldi, avait ricané Simei. « Les mots croisés étrangers sont encore plus sophistiqués, les définitions sont en soi des énigmes. Dans un journal français, je me souviens de *l'ami des simples* et la solution était *herboriste*, car les simples ne sont pas seulement les simplets mais aussi les herbes médicinales.

— C'est pas un truc pour nous, avait dit Simei, notre lecteur ne sait ni ce que sont les simples ni même ce que fait un herboriste. Garibaldi, ou le mari d'Ève, ou la maman du veau, que des machins de ce genre. »

À ce moment-là Maia avait pris la parole, le visage éclairé d'un sourire presque enfantin, comme si elle avait trouvé une bonne farce. Les mots croisés, dit-elle, c'est une bonne idée, mais le lecteur doit attendre le numéro suivant pour avoir les solutions, alors qu'on pourrait faire semblant d'avoir lancé dans les numéros précédents une sorte de concours et ne publier ensuite que les réponses les plus spirituelles. Par exemple, avait-elle dit, on pourrait imaginer avoir demandé aux lecteurs les réponses les plus idiotes à un pourquoi tout aussi idiot.

« Un jour, à l'université, nous nous étions amusés à imaginer des questions et des réponses assez délirantes. Par exemple : Pourquoi les bananes poussent-elles en hauteur ? Parce que si elles poussaient au sol elles seraient mangées par les crocodiles. Pourquoi les skis glissent-ils sur la neige ? Parce que s'ils ne glissaient que sur du caviar les sports d'hiver coûteraient trop cher. »

Palatino s'était enthousiasmé : « Pourquoi César, avant de mourir, a-t-il eu le temps de dire *"Tu quoque Brute"* ? Parce que celui qui l'a poignardé n'était pas Scipion l'Africain. Pourquoi écrit-on de gauche à droite ? Parce que sinon les phrases commenceraient par un point. Pourquoi les parallèles ne se rencontrent-elles jamais ? Parce que si elles se rencontraient, les gymnastes se casseraient les jambes. »

Les autres aussi s'étaient excités, et Braggadocio s'était pris au jeu : « Pourquoi a-t-on dix doigts ? Parce que si on en avait six, il n'y aurait que six commandements et, par exemple, on pourrait voler. Pourquoi Dieu est-il perfection ? Parce que s'il était imparfait, ce serait mon cousin Gustavo. »

Je m'y mis aussi : « Pourquoi le whisky a-t-il été inventé en Ecosse ? Parce que s'il l'avait été au Japon, ce serait du saké et on ne pourrait pas le boire avec du soda. Pourquoi la mer est-elle si vaste ? Parce qu'il y a trop de poissons et qu'il serait impensable de les regrouper sur le Grand Saint-Bernard. Pourquoi la poule chante-t-elle quand elle a pondu un œuf ? Parce que si elle chantait après le 33ᵉ, elle serait le Grand Maître de la Franc-Maçonnerie.

— Attendez, avait dit Palatino, pourquoi les verres sont-ils ouverts en haut et fermés en bas ? Parce que si c'était le contraire les bars feraient faillite. Pourquoi la mère est-elle toujours la mère ? Parce que si de temps à autre elle était père, les gynécologues ne sauraient plus à quel sein se vouer. Pourquoi les ongles poussent-ils et pas les dents ? Parce que sinon les névrosés se mangeraient les dents. Pourquoi le derrière est-il en bas et la tête en haut ? Parce que dans le cas contraire, il serait difficile de dessiner des toilettes. Pourquoi les jambes se replient-elles en dedans et non pas en dehors ? Parce que dans les avions ce serait extrêmement dangereux en cas d'atterrissage forcé. Pourquoi Christophe Colomb a-t-il navigué vers le Ponent ? Parce que s'il avait navigué vers le Levant, il aurait découvert le Cap d'Ail. Pourquoi les doigts ont-ils des ongles ? Parce que s'ils avaient des pupilles, ce seraient des yeux. »

Désormais, la compétition ne pouvait plus s'arrêter et Fresia était de nouveau intervenue : « Pourquoi les cachets d'aspirine sont-ils différents des iguanes ? Parce qu'imaginez ce qui arriverait dans le cas contraire. Pourquoi le chien meurt-il sur la tombe de son maître ? Parce qu'il n'y a pas d'arbres contre lesquels lever la patte et trois jours après sa vessie explose. Pourquoi un angle droit mesure-t-il quatre-vingt-dix degrés ? Question mal posée : lui ne mesure rien, ce sont les autres qui le mesurent.

— Suffit, avait dit Simei qui s'était quand même fendu de quelques sourires. Ce sont des blagues d'étudiant. Vous oubliez que notre lecteur n'est pas un intellectuel qui a lu les surréalistes, ces faiseurs de, comment dit-on, de cadavres exquis. Il prendrait tout au pied de la lettre et penserait que nous sommes fous. Allons, mademoiselle, messieurs, revenons à des propositions sérieuses. »

Ainsi la rubrique des pourquoi avait-elle été abandonnée. Dommage, cela aurait été amusant. Mais cette histoire m'avait amené à regarder Maia Fresia avec attention. Si elle était à ce point spirituelle, elle devait aussi être charmante. Et à sa manière, elle l'était. Pourquoi à sa manière ? Je ne saisissais pas encore la manière, cependant elle avait piqué ma curiosité.

Mais Fresia se sentait de toute évidence frustrée et elle avait cherché à suggérer quelque chose qui fût dans ses cordes : « On approche de la première sélection du prix Strega. Ne devrait-on pas parler des livres en lice ? avait-elle demandé.

— Vous, les jeunes, toujours la culture à la bouche, et par chance vous n'avez pas de licence, autrement vous me proposeriez un essai critique de cinquante pages...

— Je n'ai pas passé ma licence mais je lis.

— On ne peut pas trop s'occuper de culture, nos lecteurs ne lisent pas de livres, à la rigueur *La Gazzetta dello Sport*. Mais je suis d'accord, le journal se doit d'avoir une page, je ne dis pas culturelle, mais plutôt culture et spectacle, et sous forme d'interview. L'interview avec l'auteur est apaisante car aucun écrivain ne dit du mal de son livre, donc notre lecteur ne se sent pas au centre d'un règlement de comptes. Ensuite, tout dépend des questions, il ne faut pas trop parler du livre mais faire ressortir la personnalité de l'écrivain, homme ou femme, jusqu'à ses tics et ses faiblesses. Mademoiselle Fresia, vous avez une certaine expérience des courriers du cœur. Songez à une interview, évidemment imaginaire, avec un des auteurs en compétition, si c'est une histoire d'amour arrachez à l'auteur, homme ou femme, une évocation de son premier amour, et pourquoi pas, quelques petites méchancetés sur ses rivaux. Faites de ce maudit livre une chose humaine, que même la ménagère pourrait comprendre, ainsi n'aura-t-elle pas de remords si, après, elle ne le lit pas – et d'ailleurs, qui lit les livres dont les journaux font la recension, en général même pas celui qui l'a écrite, c'est déjà bien si l'auteur l'a lu, et pour certains livres, parfois on s'interroge.

— Oh, mon Dieu, avait dit Maia Fresia en pâlissant, je ne me libérerai jamais de la malédiction des aventures amoureuses…

— Vous n'imaginiez pas que je vous avais appelée ici pour rédiger des articles d'économie ou de politique internationale ?

— Non. Mais j'espérais me tromper.

— Allons allons, ne vous cabrez pas, essayez de pondre quelque chose, nous avons tous la plus grande confiance en vous. »

VI

Mercredi 15 avril

Je me rappelle la fois où Cambria avait dit : « J'ai entendu à la radio que, d'après certaines recherches, la pollution atmosphérique influe sur la longueur du pénis des jeunes générations, et le problème, à mon avis, ne concerne pas uniquement les fils, mais aussi leurs pères, qui parlent toujours avec fierté des dimensions du zizi de leur progéniture. Je me souviens que quand le mien est né et qu'on me l'a présenté à la clinique, j'ai dit "mais quelle paire de grosses couilles il a", et j'ai été le raconter à tous mes collègues.

— Tous les nouveau-nés de sexe masculin ont des testicules énormes, a dit Simei, tous les pères le disent. Et puis vous savez que, souvent, dans les cliniques, ils se trompent de bracelet d'identité et que peut-être ce n'était pas votre fils, avec tout mon respect pour votre dame.

— Mais l'information concerne de près les pères parce que la pollution aurait des effets délétères également sur l'appareil reproducteur des adultes, avait objecté Cambria. Si on répandait l'idée que, à polluer ainsi le monde, il en va de la survie non seulement des baleines mais aussi (pardonnez le côté technique) du zizi, je crois que nous assisterions à de soudaines conversions à l'écologisme.

— Intéressant, a commenté Simei, mais qui nous dit que le Commandeur, ou du moins ses contacts, sont intéressés par la réduction de la pollution atmosphérique ?

— Mais ce serait une alerte, et sacro-sainte, a dit Cambria.

— Sans doute, mais nous, nous ne sommes pas des alarmistes, avait réagi Simei, ce serait du terrorisme. Vous voulez remettre en question le gazoduc, le pétrole, notre industrie sidérurgique ? On n'est quand même pas le journal des Verts. Nos lecteurs doivent être rassurés, pas alarmés. » Puis, après quelques secondes de réflexion, il avait ajouté : « À moins que ces troubles du pénis soient causés par une entreprise pharmaceutique que le Commandeur n'aurait pas déplaisir à alarmer. Mais ce sera à discuter au cas par cas. De toute façon, si vous avez une idée, accouchez, je déciderai ensuite si nous devons la développer ou pas. »

Le lendemain, Lucidi était entré dans la rédaction avec un article pratiquement déjà écrit. L'histoire était la suivante. Une de ses connaissances avait reçu une lettre à en-tête de l'Ordre Souverain Militaire de Saint-Jean de Jérusalem – Chevaliers de Malte – Prieuré Œcuménique de la Sainte-Trinité-de-Villedieu – Quartier Général de La Valette – Prieuré de Québec, où on lui offrait de devenir chevalier de Malte, et pour une somme assez élevée, il recevrait diplôme encadré, médaille, décoration et babioles variées. Lucidi avait eu envie de vérifier cette histoire des ordres de chevalerie, et il avait fait des découvertes extraordinaires.

« Écoutez, il y a quelque part un rapport des carabiniers, ne me demandez pas comment je l'ai obtenu, où sont dénoncés certains pseudo-ordres de Malte. Il y en a seize, à ne pas confondre avec l'authentique Ordre Souverain Militaire et Hospitalier de Saint-Jean de Jérusalem, de Rhodes et de Malte qui a son siège à Rome. Ils ont tous presque le même nom avec des variations minimes, tous se reconnaissent et s'ignorent tour à tour. En 1908, des Russes fondent un ordre aux États-Unis qui, ces dernières années, est dirigé par Son Altesse Royale le prince Roberto Paternò Ayerbe Aragona, duc de Perpignan, chef de la Maison royale d'Aragon, prétendant au trône d'Aragon et Baléares, Grand Maître des ordres du Collier de Sainte-Agatte des Paternò et de la Couronne royale des Baléares. Mais de cette souche se détache, en 1934, un Danois qui fonde un autre ordre et le cancellariat confie au prince Pierre de Grèce et de Danemark. Dans les années 60, un transfuge de la souche russe, Paul de Granier de Cassagnac, fonde un ordre en France et choisit comme protecteur l'ex-roi Pierre II de Yougoslavie. En 1965, l'ex-roi Pierre II de Yougoslavie se querelle avec Cassagnac et fonde à New York un autre ordre dont devient Grand Prieur le prince Pierre de Grèce et du Danemark. En 1966, apparaît comme chancelier de l'ordre un certain Robert Bassaraba von Brancovan Khimchiachvili, qui cependant est évincé et va fonder l'ordre des Chevaliers Œcuméniques de Malte dont sera ensuite Protecteur Impérial et Royal le prince Enrico III Costantino di Vigo Lascaris Aleramico Paleologo del Monferrato. Celui-là se dit héritier du trône de Byzance, prince de Thessalie, et il fondera par la suite un autre ordre de Malte. Je trouve ensuite un protectorat byzantin, créé par le prince Carol de Roumanie, après séparation des Cassagnac ; un Grand Prieuré dont un certain Tonna-Barthet est Grand Bailli, et le prince André de Yougoslavie – déjà Grand Maître de l'ordre fondé par Pierre II – est Grand Maître du Prieuré de Russie (qui deviendra plus tard Grand Prieuré Royal de Malte et d'Europe). Il y a aussi un ordre créé dans les années 70 par un baron de Choibert et par Vittorio Busa, autrement dit Viktor Timur II, archevêque orthodoxe métropolitain de Bialystok, patriarche de la diaspora occidentale et orientale, président de la République de Dantzig et de la République démocratique de Biélorussie, Grand Khan de Tartarie et Mongolie.

Et puis il y a un Grand Prieuré International créé en 1971 par Son Altesse Royale Roberto Paternò déjà citée, avec le baron marquis d'Alaro dont devient Grand Protecteur en 1982 un autre Paternò, Chef de la Maison Impériale Leopardi Tomassini Paternò de Constantinople, héritier de l'Empire romain d'Orient, consacré successeur légitime par l'Église catholique apostolique orthodoxe de rite byzantin, marquis de Monteaperto, comte palatin du trône de Pologne. En 1971, apparaît à Malte l'Ordre Souverain Militaire de Saint-Jean de Jérusalem (qui est celui dont je suis parti), suite à une scission de l'ordre de Bassaraba, sous la haute protection d'Alessandro Licastro Grimaldi Lascaris Comneno Ventimiglia, duc de La Chastre, prince souverain et marquis de Déols, et le Grand Maître en est à présent le marquis Carlo Stivala de Flavigny, lequel, à la mort de Licastro, a associé Pierre Pasleau, qui assume les titres de Licastro, outre ceux de Sa Grandeur l'Archevêque Patriarche de l'Église catholique orthodoxe belge, Grand Maître de l'Ordre Souverain Militaire du Temple de Jérusalem et Grand Maître et hiérophante de l'Ordre Maçonnique Universel de rite oriental antique et primitif de Memphis et Misraïm réunis. J'oubliais, pour être à la page, on pourrait devenir membre du Prieuré de Sion, comme descendant de Jésus Christ qui épouse Marie-Madeleine et devient fondateur de la lignée des Mérovingiens.

— Les noms seuls de ces personnages feraient sensation, avait dit Simei qui prenait des notes, ravi. Pensez, mademoiselle, messieurs, Paul de Granier de Cassagnac, Licastro (comment disiez-vous ?) Grimaldi Lascaris Comneno Ventimiglia, Carlo Stivala de Flavigny...

— ... Robert Bassaraba von Brancovan Khim-chiachvili, avait rappelé Lucidi, triomphant.

— Je crois, avais-je ajouté, que beaucoup de nos lecteurs ont été parfois bernés par des propositions de ce genre, et nous les aiderons à se prémunir contre ces spéculations. »

Simei avait eu un moment d'hésitation et il avait dit qu'il voulait y réfléchir. Le lendemain, il s'était de toute évidence renseigné et il nous a appris que notre éditeur se faisait appeler Commandeur car il avait été promu au grade de Commandeur de Sainte-Marie en Bethléem : « Or, il se trouve que l'ordre de Sainte-Marie en Bethléem est aussi une vaste fumisterie. L'ordre authentique est celui de Sainte-Marie en Jérusalem, autrement dit l'Ordo fratrum domus hospitalis Sanctae Mariae Teuto-nicorum in Jerusalem, reconnu par l'Annuaire Pontifical. Certes, même là, désormais, je ne m'y fierais pas, avec tous les sacs de nœuds qui s'accumulent au Vatican, mais en tout cas, il est certain qu'un Commandeur de Sainte-Marie en Bethléem est comme le maire de Cocagne. Et vous, vous voulez qu'on publie un reportage qui jette une ombre de soupçon, ou même ridiculise la promotion au grade de Commandeur de notre Commandeur ? Laissons à chacun ses propres illusions. Je regrette, Lucidi, mais nous devons jeter votre bel article à la corbeille.

— Vous dites que pour chaque mot nous devrions savoir s'il plaît au Commandeur ? avait demandé Cambria, toujours prêt à poser sa question débile.

— Forcément, avait répondu Simei, c'est notre actionnaire de référence, comme on dit. »

C'est alors que Maia a pris son courage à deux mains et parlé d'une enquête qu'elle pouvait faire. L'histoire était la suivante. Du côté de la porta Ticinese, dans une zone qui devenait de plus en plus touristique, il y avait, vue de la rue, à travers les baies vitrées, une pizzeria-restaurant qui s'appelait Paglia e Fieno. Maia, qui habite près des Navigli, passait devant depuis des années et voyait que la salle à manger, qui pouvait accueillir au moins cent personnes, était toujours désespérément vide, hormis quelques touristes qui prenaient un café en terrasse. Et l'endroit n'était pas abandonné, Maia y était allée une fois, par curiosité, et elle y était seule, en dehors d'une petite famille, vingt tables plus loin. Elle avait pris, justement, des tagliolini paglia e fieno, un quart de vin blanc et une tarte aux pommes, le tout excellent, à un prix raisonnable, et un service impeccable. Or, si quelqu'un gère un restaurant de cette taille, avec du personnel, les cuisines et tout et tout, et que pendant des années la clientèle ne suit pas, s'il est raisonnable, il cherche à le vendre. Mais depuis une dizaine d'années, soit presque trois mille six cent cinquante jours, Paglia e Fieno était toujours ouvert.

— Il y a un mystère là-dessous, avait observé Costanza.

— Pas tant que ça, avait répliqué Maia. L'explication est évidente : c'est un restaurant qui appartient aux triades, ou à la mafia, ou à la camorra, il a été acheté avec de l'argent sale et constitue un bon investissement à la vue de tous. Mais, me direz-vous, l'investissement est déjà rentabilisé par la valeur de l'emplacement et si l'endroit était fermé, ça coûterait moins cher. Eh bien non, il est en activité. Pourquoi ?

— Pourquoi ? » avait demandé l'immuable Cambria. La réponse indiquait que Maia avait un petit cerveau qui marchait bien. « L'activité commerciale permet de recycler jour après jour de l'argent sale qui arrive en flux continu. Ils servent les rares clients qui échouent là, mais chaque soir, ils enregistrent une série de tickets de caisse comme s'ils avaient eu une centaine de clients. L'encaissement déclaré est versé à la banque – et sans doute, pour ne pas attirer l'attention avec tout cet argent liquide, car personne n'a payé par carte, ils ont ouvert des comptes dans vingt banques différentes. Sur ce capital, maintenant légal, ils payent les impôts, après avoir défalqué généreusement toutes les dépenses de gestion et d'approvisionnement (ce n'est pas compliqué de se procurer de fausses factures). Pour recycler de l'argent sale, le tarif habituel, c'est moitié moitié. Avec ce système, moins de pertes.

— Mais comment prouver tout ça ? avait demandé Palatino.

— Simple, avait répondu Maia. Deux agents de la brigade financière, si possible un homme et une femme, avec l'air de deux jeunes mariés, y dînent et observent qu'il y a, mettons, seulement deux autres clients. Le lendemain, la Guardia di Finanza fait un contrôle, découvre que cent tickets de caisse ont été imprimés, et voyons comment ils s'expliquent.

— Ce n'est pas aussi simple, avais-je observé, les deux types de la brigade financière se retrouvent là-bas, à huit heures, mais ils auront beau traîner, après neuf heures ils devront s'en aller pour ne pas éveiller les soupçons. Qui prouve que les cent clients ne sont pas venus entre neuf heures et minuit ? Il faut alors envoyer au moins trois ou quatre couples de la brigade financière pour couvrir toute la soirée. Or, si le lendemain matin il y a un contrôle, qu'est-ce qui arrive ? Les agents jubilent s'ils pincent ceux qui ne déclarent pas les encaissements, mais confrontés à ceux qui en déclarent trop, que peuvent-ils faire ? Le gérant accusera la machine, un dysfonctionnement, elle s'était emballée. Alors qu'est-ce qu'on fait, un deuxième contrôle ? Ces gens ne sont pas idiots, ils ont identifié les agents de la brigade financière et, quand ils reviendront, ils ne taperont pas de faux tickets de caisse. Soit le contrôle se poursuit soir après soir, en recrutant la moitié d'une armée pour manger des pizzas, et il se peut qu'au bout d'un an ils les mettent sur la paille, mais plus vraisemblablement ils laisseront tomber parce qu'ils auront d'autres chats à fouetter.

— En somme, avait répliqué Maia, piquée au vif, la Guardia di Finanza devra trouver un stratagème, nous n'avons qu'à leur signaler le problème.

— Ma jolie, lui avait dit Simei avec bonhomie, je vais vous dire, moi, ce qui va arriver si nous publions cette enquête. D'abord, nous nous mettrons à dos la Guardia di Finanza à laquelle vous reprochez de ne s'être jamais aperçue de l'arnaque – et ce sont des gens qui savent se venger sinon de nous, à coup sûr du Commandeur. Et, de l'autre côté, comme vous dites, nous avons les triades, la camorra, la 'ndrangheta ou que sais-je encore, et vous croyez qu'ils vont rester les bras croisés ? Et nous, on reste là, bouche bée, à attendre gentiment qu'ils posent, pourquoi pas, une bombe à la rédaction ? Enfin, vous savez ce que je vous dis ? Que nos lecteurs seront excités à l'idée de manger à bon prix dans un restaurant pour série noire, Paglia e Fieno se remplira d'imbéciles et nous, en fin de compte, nous aurons fait leur fortune. Donc, à la corbeille. Soyez sage et retournez à vos horoscopes. »

VII

Mercredi 15 avril, le soir

J'ai vu Maia si sonnée que je l'ai rejointe tandis qu'elle sortait. Sans même m'en rendre compte, j'avais glissé mon bras sous le sien.

« Ne le prenez pas trop à cœur, Maia. Allons, je vous raccompagne chez vous et on s'arrête boire quelque chose en chemin.

— J'habite sur les Navigli, et là-bas, c'est plein de petits bars, j'en connais un qui fait un excellent Bellini, ma passion. Merci. »

Nous étions entrés dans Ripa Ticinese, et je voyais pour la première fois les Navigli. J'avais naturellement entendu parler de ces canaux mais j'étais convaincu qu'ils étaient tous enterrés. Là, j'avais l'impression de me trouver à Amsterdam. Maia m'a dit, non sans fierté, que Milan était autrefois sillonnée de canaux jusqu'au centre-ville. Milan devait être très belle, et c'est pour cela qu'elle plaisait tant à Stendhal. Cependant, par la suite, on avait recouvert les canaux, pour des raisons d'hygiène, il n'en restait que quelques-uns par ici, avec une eau putride, là où autrefois il y avait des lavandières le long des rives. Vers l'intérieur, on pouvait encore apercevoir les vieilles maisons et de nombreuses avec balustre.

Les maisons à balustre étaient pour moi pur *flatus vocis*, et me ramèneraient aux années 50, quand je m'attelais à l'édition d'encyclopédies, et que je devais citer la mise en scène de *El nost Milan* de Bertolazzi au Piccolo Teatro. Mais là aussi je pensais que cela datait du XIXe.

Maia éclata de rire : « Milan est encore pleine de maisons à balustre, sauf qu'elles ne sont plus pour les pauvres. Venez, je vais vous faire voir. » Elle m'a fait entrer dans une double cour : « Ici, au rez-de-chaussée, tout est réhabilité, il y a des boutiques de petits antiquaires – en réalité ce sont des brocanteurs qui se poussent du col et font payer la peau des fesses – et des ateliers d'artistes peintres en quête de notoriété. Tout est désormais pour le touriste. Mais là, au-dessus, ces deux étages sont exactement comme ils étaient autrefois. »

J'ai vu que les étages supérieurs, entourés de garde-corps en fer, avaient des portes qui s'ouvraient sur la galerie, et j'ai demandé si on mettait encore le linge à sécher dehors.

Maia avait ri : « On n'est pas à Naples. Presque tout a été modernisé. Autrefois, les escaliers donnaient directement sur la galerie, de là on entrait chez soi, et au fond, il n'y avait qu'un cabinet pour plusieurs familles, et à la turque ; tu pouvais toujours rêver d'une douche ou d'un bain. Maintenant, tout est refait pour les riches. Dans certains appartements, il y a même un jacuzzi, et ça vaut les yeux de la tête. Là où j'habite, c'est moins cher, mais je vis dans un deux-pièces avec des murs qui suintent, et par chance, ils ont trouvé où faire un trou pour les WC et la douche, mais j'adore le quartier. Tout va sans doute bientôt être restructuré, là aussi, et il faudra que je m'en aille, je ne pourrai plus payer le loyer. À moins que *Domani* ne démarre au plus vite et que je ne sois embauchée de façon permanente. C'est pour ça que je supporte toutes ces humiliations.

— Ne le prenez pas mal, Maia, c'est normal que dans une phase de rodage, on teste le contenu du journal. Et, par ailleurs, Simei a aussi des responsabilités envers le journal et envers l'éditeur. Peut-être que, quand vous vous occupiez de tendres amitiés, tout était bon qui faisait le bouillon, mais ici c'est différent, on élabore un quotidien.

— C'est bien pour ça que j'espérais être sortie de ce bourbier sentimental, je voulais être une journaliste sérieuse. Mais sans doute suis-je une ratée. Je n'ai pas passé ma licence pour aider mes parents jusqu'à leur mort, ensuite il était trop tard pour reprendre des études, je vis dans un trou, je ne serai jamais l'envoyée spéciale qui couvre, disons, la guerre du Golfe… Qu'est-ce que je fais ? Les horoscopes, où je me fous des gogos jusqu'au trognon. Ce n'est pas un échec, ça?

— Nous avons à peine commencé ; quand les choses iront à plein régime, vous aurez, vous, d'autres espaces. Jusqu'à présent, vous avez donné des suggestions brillantes, qui m'ont plu et je crois qu'à Simei aussi. »

Je sentais que je lui mentais, j'aurais dû lui dire qu'elle était entrée dans un boyau sans issue, qu'on ne l'enverrait jamais dans le Golfe, que sans doute mieux valait qu'elle s'enfuie avant qu'il ne soit trop tard, mais je ne voulais pas la déprimer davantage. D'un élan spontané, je lui ai dit la vérité, sur moi au lieu de la dire sur elle.

Vu que j'allais mettre mon cœur à nu, comme le poète, presque sans m'en apercevoir, je suis passé d'instinct au tutoiement.

« Tu sais, moi non plus je n'ai jamais eu ma licence, j'ai toujours fait des petits boulots et j'arrive dans un quotidien à cinquante ans bien sonnés. Mais tu sais depuis quand j'ai commencé à être vraiment un perdant ? Depuis que j'ai commencé à penser que j'en étais un. Si je n'avais pas été là à ressasser ça, j'aurais gagné au moins une manche.

— Cinquante ans bien sonnés ? Vous ne les faites pas. Enfin, tu ne les fais pas.

— Tu ne m'en aurais donné que quarante-neuf ?

— Non, pardon, tu es un bel homme et quand tu nous donnes une leçon, on voit que tu as le sens de l'humour. Ce qui est un signe de fraîcheur, de jeunesse…

— Ou peut-être de sagesse, et donc de vieillesse.

— Non, je suis sûre que tu ne crois pas ce que tu dis, mais il est clair que tu as accepté de te lancer dans cette aventure, avec un certain cynisme… comment dire… plein d'allégresse. »

Plein d'allégresse ? Maia, elle, était un panaché d'allégresse et de mélancolie, et elle m'observait avec des yeux (comme aurait dit un mauvais écrivain ?) de biche.

De biche ? Allons, allons, j'étais plus grand qu'elle et elle me regardait de bas en haut tandis que nous marchions. C'est tout. N'importe quelle femme dans cette situation a l'air de Bambi.

Nous nous étions installés à son petit bar, elle dégustait son Bellini et moi, je me sentais apaisé devant mon whisky. Je regardais à nouveau une femme qui n'était pas une prostituée et j'avais l'impression de rajeunir.

C'était peut-être l'alcool qui me faisait verser maintenant dans la confidence. Depuis quand ne m'étais-je pas confié à quelqu'un ? Je lui ai raconté qu'autrefois j'avais eu une femme qui m'avait plaqué, que j'avais été conquis parce qu'un jour, au début, pour justifier le pétrin où je nous avais mis, je lui avais demandé de m'excuser car sans doute j'étais bête, et elle m'avait répondu je t'aime même si tu es bête. Des paroles de ce genre peuvent rendre un homme fou d'amour, mais par la suite elle avait peut-être pris conscience que j'étais beaucoup plus bête qu'elle ne pouvait le supporter, et ça s'est terminé comme ça.

Maia riait (« Quelle belle déclaration d'amour : "je t'aime même si tu es bête !" ») puis elle m'avait raconté que, même si elle était plus jeune, et n'avait jamais pensé être bête, elle avait en elle aussi des histoires malheureuses, peut-être parce qu'elle ne savait pas supporter la bêtise de l'autre, ou peut-être parce que tous ceux de son âge ou un peu plus âgés, lui semblaient immatures. « Comme si j'étais mûre, moi. Ainsi, tu vois, j'ai presque trente ans et je suis encore vieille fille. C'est que nous ne parvenons jamais à nous contenter de ce que nous avons. »

Trente ans ? À l'époque de Balzac, une femme de trente ans était déjà fanée. Maia paraissait en avoir vingt, n'eussent été certaines ridules minuscules autour de ses yeux, comme si elle avait beaucoup pleuré, ou était photophobe et plissait les yeux les jours de soleil.

« Il n'y a pas plus grand succès que la rencontre agréable entre deux ratages, ai-je conclu, et à peine ai-je prononcé ce mot que je me suis senti presque effrayé.

— Idiot », m'a-t-elle dit avec grâce. Puis elle s'est excusée, elle s'en voulait pour cet excès de familiarité. « Non, au contraire, je te remercie, lui ai-je dit, personne ne m'a jamais traité d'idiot de manière aussi séduisante. »

J'étais allé trop loin. Vive, elle avait heureusement aussitôt changé de sujet de conversation. « Ils veulent tant ressembler à un Harry's Bar, a-t-elle dit, et ils ne savent même pas comment exposer les alcools. Tu vois, au milieu des whisky, il y a un gin Gordon, alors que le Sapphire et le Tanqueray sont d'un autre côté.

— Quoi, où ça ? » ai-je demandé en regardant devant moi, où il n'y avait que d'autres tables. « Non, m'a-t-elle dit, au comptoir ! » Je me suis retourné, elle avait raison, mais comment avait-elle pu penser que je verrais ce qu'elle voyait ? Ce n'était là qu'un signe avant-coureur de la découverte que je ferais plus tard, non sans l'aide de ce médisant de Braggadocio. Sur le moment, je n'y ai pas fait attention, et j'ai sauté sur l'occasion pour demander l'addition. Je lui ai encore dit quelques phrases de réconfort et je l'ai accompagnée jusqu'à une porte cochère d'où on entrevoyait un hall d'entrée avec l'atelier d'un matelassier. Il paraît qu'il en existe encore, des matelassiers, malgré les publicités de la télévision sur les matelas à ressorts. Elle m'a remercié : « Je me sens plus sereine à présent », m'a-t-elle souri en me tendant la main. Qui était tiède et reconnaissante.

Je suis rentré, chez moi en longeant les canaux d'une vieille Milan plus bienveillante que celle de Braggadocio. Il fallait que je connaisse mieux cette ville, qui réserve tant de choses stupéfiantes.

VIII

Vendredi 17 avril

Les jours suivants, alors que chacun préparait ses devoirs à la maison (comme on les appelait désormais), Simei nous parlait de projets à plus long terme auxquels commencer à réfléchir.

« Je ne sais pas encore si ça sera pour le numéro 0\1 ou pour le 0\2, bien que pour le 0\1 nous ayons encore beaucoup de pages blanches, je ne dis pas que nous devons démarrer avec soixante pages comme le *Corriere*, mais il faudrait au moins arriver à vingt-quatre. Nous aurons des pages de pub, le fait que personne ne nous en donne importe peu, nous les prendrons dans d'autres journaux et ferons comme si – en attendant on inspire confiance à l'annonceur qui peut entrevoir une belle source de futurs profits.

— Et une petite colonne d'annonces nécrologiques, a suggéré Maia, ça rapporte. Laissez-moi les inventer. J'adore faire mourir des personnages aux noms étranges et énumérer les membres inconsolables de leur famille, mais surtout j'aime, pour les morts importants, les éplorés *a latere*, ceux qui n'ont pas grand-chose à faire, ni du défunt ni de la famille, mais qui se servent de l'annonce comme *name dropping* pour dire, vous voyez, moi aussi je le connaissais. »

Comme d'habitude, subtile. Mais depuis notre promenade, je gardais un peu mes distances, et elle aussi restait sur sa réserve, nous nous sentions réciproquement sans défense.

« Bien pour la nécro, avait dit Simei, mais terminez d'abord les horoscopes. Je pensais à autre chose. Je veux parler des bordels, les anciennes maisons de tolérance, mais aujourd'hui tout le monde dit bordel et ça ne signifie plus rien. Moi, je m'en souviens, j'étais déjà adulte en 1958, quand elles ont été fermées.

— Et moi, j'étais déjà majeur, avait ajouté Braggadocio, et j'en avais exploré pas mal, de bordels.

— Je ne parle pas de celui de la via Chiaravalle, un vrai de vrai, avec les urinoirs à l'entrée pour permettre à la troupe de décharger avant d'entrer…

— … et les grosses putes déformées qui passaient à larges enjambées en tirant la langue aux soldats et aux provinciaux apeurés, et la maîtresse des lieux qui criait "allez allez les jeunes, on n'est pas là pour faire flanelle…"

— Je vous en prie, Braggadocio, il y a une dame ici.

100

— Peut-être, si vous deviez écrire un article, a réagi Maia sans gêne aucune, devriez-vous dire que des hétaïres d'âge synodal déambulaient, indolentes, accentuant une mimique lascive devant des clients brûlant de désir...

— Bravo, Fresia, pas précisément les termes à employer mais il faudra certes un langage plus délicat. J'étais aussi fasciné par les maisons plus respectables, comme celle de San Giovanni sul Muro, pur Liberty, pleine d'intellectuels qui s'y rendaient non pas pour le sexe (qu'ils disaient) mais pour l'histoire de l'art...

— Ou celle de la via Fiori Chiari, pur Art Déco avec des carreaux multicolores, avait dit Braggadocio d'une voix teintée de nostalgie. Qui sait combien de nos lecteurs s'en souviennent.

— Et ceux qui n'étaient pas encore majeurs à l'époque, les ont vues dans les films de Fellini, ai-je ajouté, car qui n'a pas de souvenirs propres les trouve dans l'art.

— Vous, Braggadocio, a conclu Simei, faites-moi un beau papier pittoresque, du genre le bon vieux temps n'était au fond pas si moche que ça.

— Mais pourquoi redécouvrir les bordels ? avais-je demandé, dubitatif. Si la chose peut exciter les petits vieux, cela scandaliserait les petites vieilles.

— Colonna, a dit Simei, je vais vous révéler quelque chose. Après la fermeture de 1958, dans les années soixante, quelqu'un avait acheté le vieux bordel de la via Fiori Chiari et l'avait transformé en restaurant, très chic avec tous ces carreaux polychromes. Mais on avait conservé un ou deux cabinets, et doré les bidets. Et si vous saviez le nombre de dames excitées qui demandaient à leur mari de visiter ces cagibis pour comprendre ce qui s'y passait à l'époque... Et puis bien sûr, ça n'a marché qu'un temps, assez bref, même les dames se sont lassées, ou peut-être la cuisine n'était-elle pas à la hauteur. Le restaurant a fermé, fin de l'histoire. Mais attendez voir, je suis en train de penser à une page thématique, à gauche l'article de Braggadocio, à droite une enquête sur la dégradation des artères périphériques, fréquentées par des tapineuses à l'inconvenant trafic et où, le soir tombé, on ne peut pas circuler avec des enfants. Pas de commentaire pour relier les deux phénomènes, on laisse au lecteur le soin de tirer ses conclusions. En leur for intérieur, ils sont tous d'accord pour qu'on revienne aux saines maisons de tolérance, les femmes afin que leur mari ne s'arrête pas le long des avenues pour embarquer une pute et empester la voiture d'un parfum à quatre sous, les hommes afin de s'éclipser avec discrétion et, si quelqu'un les voyait, ils pouvaient dire qu'ils étaient là pour la couleur locale, et même pour donner un coup d'œil au style Liberty. Qui prend l'enquête sur les putes ? »

Costanza avait dit qu'il voulait bien s'en charger, tous étaient d'accord, personne n'avait envie de passer ses nuits à rouler le long de ces avenues : on dépensait trop d'essence et on risquait de croiser une patrouille de la Brigade des mœurs.

Ce soir-là, j'avais été impressionné par le regard de Maia. Comme si elle se rendait compte qu'elle était entrée dans la fosse aux serpents. Au diable la prudence, j'ai attendu qu'elle sorte, je suis resté quelques minutes sur le trottoir en disant aux autres que je devais aller dans le centre pour passer à la pharmacie – je connaissais le chemin qu'elle prendrait – et je l'ai rejointe à mi-trajet.

« Moi je quitte tout, je quitte tout, m'a-t-elle dit au bord des larmes et tremblante. Mais dans quelle espèce de journal suis-je tombée ? Au moins, mon journal people ne faisait de mal à personne ; tout au plus enrichissait-il les coiffeurs chez qui les dames allaient pour lire mes petites revues.

— Maia, ne te formalise pas, Simei réfléchit, il n'est pas dit qu'il veuille publier tout ça. Nous sommes dans une phase inventive, on hasarde des hypothèses, des scenarii, c'est une belle expérience, et personne ne t'a demandé d'aller te promener sur les boulevards travestie en pute pour interviewer l'une d'elles. Ce soir, tout va de travers pour toi, n'y pense plus. Que dirais-tu d'un ciné ?

— Celui-ci, c'est un film que j'ai déjà vu.

— Celui-ci, mais lequel ?

— Celui que nous venons de dépasser, de l'autre côté de la rue.

— Mais je tenais ton bras et je te parlais, je ne regardais pas de l'autre côté de la rue. Tu sais que tu es une drôle de fille ?

— Tu ne vois jamais ce que je vois. Mais bon, va pour le ciné, achetons un journal et voyons ce qui passe dans le coin. »

Nous sommes allés voir un film dont je ne me rappelle rien car, comme elle continuait à trembler, à un moment donné, je lui ai pris la main, encore une fois tiède et reconnaissante, et nous sommes restés là, tels deux petits fiancés, mais de ceux de la Table ronde, qui dormaient avec une épée entre eux.

En la raccompagnant chez elle – elle était un peu réconfortée – je lui ai donné un baiser sur le front en lui tapotant la joue, comme un grand frère. Au fond (me disais-je), je pourrais être son père.

Ou presque.

IX

Vendredi 24 avril

Durant cette semaine, le travail s'était poursuivi avec de longues pauses. Personne ne paraissait avoir une grande envie de bosser, pas même Simei. Par ailleurs, douze numéros en une année, ce n'était pas un numéro par jour. Je lisais le premier jet des articles, j'uniformisais le style, je faisais la chasse aux expressions trop recherchées. Simei appréciait : « Mademoiselle, messieurs, nous faisons du journalisme, pas de la littérature. »

« Au fait, était intervenu Costanza, la mode des téléphones portables se répand. Hier, dans le train, un type à côté de moi a parlé en détails de ses rapports avec sa banque, je sais tout de lui. Je crois que les gens deviennent fous. Il faudrait faire un papier dans la rubrique société.

— Les téléphones portables, avait répliqué Simei, ça ne va pas durer. Primo, ils coûtent les yeux de la tête et rares sont ceux qui ont les moyens. Secundo, les gens s'apercevront d'ici peu qu'il n'est pas indispensable de téléphoner à tout le monde et n'importe quand, ils regretteront les conversations privées, en tête à tête, et à la fin du mois, ils recevront une facture exorbitante. C'est une mode qui durera un an ou deux au maximum. Pour le moment, les téléphones portables ne sont utiles qu'aux couples adultères qui souhaitent éviter d'utiliser le téléphone de la maison, et peut-être aux plombiers, qui sont susceptibles d'être appelés à tout instant quand ils sont en déplacement. Qui d'autre ? Pour nos lecteurs, qui en majorité n'en possèdent pas, le sujet n'a aucun intérêt, et pour ceux qui en ont un, peu nombreux, ça ne leur ferait ni chaud ni froid, pire : ils nous prendraient pour des snobs, des radicaux chics.

— Pas seulement, étais-je intervenu, prenez Rockefeller, Agnelli, ou le président des États-Unis, ils n'en ont pas besoin, ils ont une armée de secrétaires, hommes et femmes, qui s'occupent d'eux. D'ici peu, on s'apercevra que seuls les minables l'utilisent, les pauvres types qui doivent être joignables par leur banquier pour s'entendre signifier qu'ils sont dans le rouge, ou par leur chef qui contrôle ce qu'ils sont en train de faire. Ainsi, le téléphone portable deviendra un symbole d'infériorité sociale, et personne n'en voudra plus.

— Je n'en suis pas si sûre, avait dit Maia, c'est comme le prêt-à-porter ou la tenue tee-shirt, jeans et foulard : aussi bien la femme de la haute que la prolo peuvent se le permettre, à part que la seconde ne sait pas assortir les pièces, ou juge que des jeans flambant neufs sont plus chics et délaisse ceux qui sont usés au genou, et elle les met avec des talons, si bien qu'on voit aussitôt de quel milieu elle vient. Mais elle, elle ne s'en rend pas compte et continue donc à être heureuse, avec ses vêtements mal assortis, sans savoir qu'elle signe ainsi sa condamnation.

— Et, comme on peut le souhaiter, elle lira *Domani* où nous allons lui dire qu'elle n'est pas une dame. Et que son mari est soit un minable soit il la trompe. Et puis, si ça se trouve, le Commandeur Vimercate a des vues sur les usines de téléphones portables et nous, nous lui rendons ce magnifique service. Bref, ou le sujet est insignifiant, ou il est trop brûlant. Laissons tomber. C'est comme l'histoire de l'ordinateur. Ici, le Commandeur nous a permis d'en avoir chacun un, et ils sont pratiques pour écrire ou archiver des données, même si je suis vieux jeu et ne sais jamais sur quelle touche appuyer. Mais la plupart de nos lecteurs sont comme moi, et ils n'en ont pas besoin parce qu'ils n'ont pas de données à archiver. Ne suscitons pas de complexes d'infériorité dans le public. »

Une fois l'électronique abandonnée, ce jour-là nous nous sommes mis à relire un article dûment amendé. Braggadocio avait observé : « Le courroux de Moscou ? Mais n'est-ce pas banal d'employer toujours des expressions aussi emphatiques, le courroux du président, la rage des retraités et ainsi de suite ?

— Non, ai-je dit, c'est que le lecteur attend ces expressions, il y est habitué, tous les journaux s'en servent. Le lecteur ne comprend ce qui se passe que si on dit stratégie de la corde raide, le gouvernement annonce des larmes et du sang, le chemin n'est qu'une aride montée, le Quirinal est prêt à la guerre, Craxi boulets rouges à tir tendu, le temps presse, pas de diabolisation, pas de place pour les maux de ventre, nous avons le couteau sous la gorge, autrement dit nous sommes dans l'œil du cyclone. Et l'homme politique ne s'exprime pas ni n'affirme avec énergie, il tonne. Et les forces de l'ordre ont agi avec professionnalisme.

— On doit vraiment toujours parler de professionnalisme ? a interrompu Maia. Ici, tout le monde travaille avec professionnalisme. Un contremaître faisant bâtir un mur qui ensuite ne s'effondre pas est un professionnel, mais alors le professionnalisme devrait être la norme, et on ne devrait parler que du contremaître crapuleux dont le mur s'écroule à peine bâti. Si j'appelle le plombier et qu'il me débouche le lavabo, je le remercie et je le félicite, mais je ne lui dis tout de même pas qu'il a fait preuve de professionnalisme. Il n'aurait plus manqué qu'il fasse comme Joe Piper dans l'histoire de Mickey ! Cette manière d'insister sur le professionnalisme comme si c'était extraordinaire sous-entend que la plupart des gens travaillent comme des sagouins.

— Et de fait, avais-je repris, le lecteur pense qu'en général les gens travaillent comme des sagouins et qu'il faut souligner les exceptions, façon plus technique de dire que tout s'est bien passé. Les carabiniers ont capturé le voleur de poules ? Ils ont agi avec professionnalisme.

— Mais c'est comme insister sur le pape bon. On semble considérer comme allant de soi que les précédents étaient mauvais.

— Peut-être bien que les gens le pensaient, sinon ils n'auraient pas dit le "pape bon". Avez-vous vu une photo de Pie XII ? Dans un *James Bond*, il aurait joué le chef du Spectre.

— Mais ce sont les journaux qui ont déclaré que Jean XXIII était le pape bon, et les gens ont suivi.

— Exact. Les journaux disent aux gens ce qu'ils doivent penser, avait interrompu Simei.

— Mais les journaux suivent les tendances des gens ou bien ils les créent ?

— Les deux, mademoiselle Fresia. Au début, les gens ne savent pas de quel côté pencher, alors nous intervenons, et ils s'aperçoivent qu'ils s'étaient déjà forgé une opinion. N'abusons pas de la philosophie et travaillons en professionnels. Poursuivez, Colonna.

— Bien, avais-je repris, je conclus ma liste : il faut ménager la chèvre et le chou, aux leviers de commande, quelqu'un descend dans l'arène, la cible des enquêteurs, les pires tours de valse, sortir du tunnel, pas d'omelette sans casser des œufs, à quel saint se vouer, on ne baisse pas la garde, du chiendent difficile à arracher, le vent tourne, la télévision se taille la part du lion et ne nous laisse que des miettes, remettons-nous sur les rails, l'indice d'écoute a été un flop, donner un signal fort, un œil sur la Bourse, il s'en sort en piteux état, à trois cent soixante degrés, une grosse épine dans le pied, le grand retour des aoûtiens a commencé... Et surtout demander pardon. L'Église anglicane demande pardon à Darwin, la Virginie demande pardon pour le drame de l'esclavage, EDF demande pardon pour les pannes de secteur, le gouvernement canadien a demandé officiellement pardon aux Inuits. On ne doit pas dire que l'Église est revenue sur ses positions concernant la rotation de la Terre, mais que le pape demande pardon à Galilée. »

Maia a applaudi des deux mains, et elle a dit : « C'est vrai, et je n'ai jamais compris si cette manie de demander pardon indique qu'un vent d'humilité souffle, ou est un signe d'impertinence : on fait quelque chose qu'on ne devrait pas faire, on demande pardon et on s'en lave les mains. Ça fait penser à la vieille blague du cow-boy qui chevauche dans la prairie, il entend une voix venue du ciel qui lui ordonne d'aller à Abilene, puis à Abilene, la voix lui dit d'entrer dans le saloon et de miser tout son argent sur le numéro cinq, séduit par la voix céleste, le cow-boy obéit, le dix-huit sort et la voix susurre : Dommage, nous avons perdu. »

Nous avions ri, puis nous étions passés à autre chose. Il s'agissait de bien lire et de discuter l'article de Lucidi sur les événements du Pio Albergo Trivulzio, et nos échanges ont duré une bonne demi-heure. À la fin, quand Simei, dans un élan de mécène, avait commandé au bar d'en bas un café pour tout le monde, Maia, qui était assise entre Braggadocio et moi, avait murmuré : « Moi, je ferais l'inverse, si le journal était pour un public plus évolué, j'aimerais faire une rubrique qui dise le contraire.

— Le contraire de ce qu'avance Lucidi ? a demandé, soupçonneux, Braggadocio.

— Mais non, vous n'avez rien compris ? Je veux dire le contraire des lieux communs.

— Ceux dont nous avons parlé il y a plus d'une demi-heure, a dit Braggadocio.

— Oui, mais je continuais à y réfléchir.

— Nous, pas », a dit Braggadocio, sec. Maia ne semblait pas perturbée par cette remarque et elle nous regardait comme si nous étions des amnésiques : « Je veux dire le contraire de l'œil du cyclone ou du ministre qui tonne. Par exemple, Venise est l'Amsterdam du Sud, parfois l'imagination dépasse la réalité, je tiens d'emblée à préciser que je suis raciste, les drogues lourdes sont l'antichambre des pétards, fais comme si tu étais chez moi, je dirais qu'on peut se vouvoyer, le bien est l'ennemi du mieux, je suis retombé en enfance mais je ne suis pas vieux, pour moi l'arabe c'est des mathématiques, le succès m'a changé, au fond Mussolini a fait aussi beaucoup de saloperies, Paris est laide mais les Parisiens sont si aimables, à Rimini tout le monde est à la plage et personne ne met les pieds en discothèque, il avait transféré tous ses capitaux à Battipaglia.

— Oui, et un champignon entier empoisonné par une famille. Mais où allez-vous pêcher toutes ces coïonneries ? avait demandé Braggadocio, comme s'il était le cardinal Hyppolite avec l'Arioste.

— Certaines se trouvaient dans un petit livre publié il y a quelques mois, avait dit Maia. Mais pardonnez-moi, pour *Domani*, ça ne colle vraiment pas. Je suis toujours à côté de la plaque. Je crois qu'il est l'heure de rentrer chez moi. »

« Sortons, m'avait proposé Braggadocio, je meurs d'envie de te raconter quelque chose. Si je ne le raconte pas, j'explose. »

Une demi-heure plus tard, nous étions de nouveau à la taverne Moriggi, mais pendant le trajet Braggadocio n'avait rien lâché. Il avait parlé de Maia : « Tu as dû te rendre compte de quelle maladie souffre cette fille. Elle est autiste.

— Autiste ? Mais les autistes sont renfermés sur eux-mêmes, ils ne communiquent pas. Pourquoi tu dis qu'elle est autiste ?

— J'ai lu le récit d'une expérience sur les premiers symptômes de l'autisme. Mettons que nous sommes tous les deux dans une pièce, avec Pierino, l'enfant autiste. Tu me dis de cacher une balle quelque part puis de sortir. Je la mets dans un vase. Quand je suis dehors tu enlèves la balle du vase et tu la mets dans un tiroir. Après, tu demandes à Pierino : quand monsieur Braggadocio va revenir, où va-t-il chercher la balle en premier ? Et Pierino va répondre : dans le tiroir, non ? Pierino ne pense pas que, dans mon esprit, la balle est encore dans le vase, parce que dans son esprit, elle est déjà dans le tiroir. Pierino ne sait pas se mettre à la place de l'autre, il pense que nous avons tous en tête ce que lui a en tête.

— Mais c'est pas de l'autisme, ça.

— Je ne sais pas ce que c'est, peut-être une forme d'autisme doux, comme les susceptibles sont des paranos au premier stade. Mais Maia est comme ça, elle est incapable de se mettre à la place de l'autre, elle pense que tout le monde pense comme elle. Tu te souviens l'autre jour, à un moment donné, elle a dit qu'il n'était pas concerné, et ce "il" était quelqu'un dont nous avions parlé une heure avant. Elle avait continué à penser à lui, mais il ne lui est pas venu à l'esprit que nous, nous pouvions ne plus y penser. Elle est folle, au minimum, je te le dis. Et toi qui continues à la regarder quand elle parle comme si c'était un oracle... »

J'ai coupé court à ses bêtises avec une boutade :
« Les oracles sont toujours des fous. Elle doit être une descendante de la Sibylle de Cumes. »

Nous sommes arrivés dans la taverne, et Braggadocio a commencé à parler.

« Je tiens un scoop, de quoi vendre cent mille exemplaires de *Domani*, s'il était déjà en vente. J'ai besoin d'un conseil. Dois-je refiler à Simei le lièvre que je suis en train de lever, ou plutôt le donner à un autre journal, à un vrai de vrai ? C'est de la dynamite, et ça concerne Mussolini.

— Ça ne me semble pas d'une actualité brûlante.

— L'actualité, c'est de découvrir que, jusqu'à présent, on nous a trompés, quelqu'un a même trompé tout le monde.

— Dans quel sens ?

— C'est une longue histoire, et pour le moment je n'ai qu'une hypothèse, et sans bagnole, je ne peux pas aller interroger les témoins survivants. Peu importe, partons des faits tels que nous les connaissons tous, ensuite, je te dis pourquoi mon hypothèse tient la route. »

Braggadocio s'est contenté de me résumer dans les grandes lignes ce qu'il taxait de « vulgate commune », trop facile – disait-il – pour être vraie.

« Les Alliés ont enfoncé la Ligne gothique et montent vers Milan, la guerre est désormais perdue et, le 18 avril 1945, Mussolini abandonne le lac de

Garde pour rejoindre Milan où il se réfugie à la préfecture. Il consulte de nouveau ses ministres sur une possible résistance dans un retranchement en Valteline, mais il est maintenant préparé à la fin. Deux jours après, il concède la dernière interview de sa vie au dernier de ses fidèles, Gaetano Cabella, qui avait dirigé la dernière feuille de la République sociale italienne, le *Popolo di Alessandria*. Le 22 avril, il prononce son dernier discours à des officiers de la Garde républicaine, disant, paraît-il, "si la patrie est perdue, il est inutile de vivre".

« Au cours des jours suivants, les Alliés arrivent à Parme, Gênes est libérée et le matin du fatidique 25 avril, les ouvriers occupent les usines de Sesto San Giovanni. Dans l'après-midi, Mussolini, accompagné de certains de ses hommes, parmi lesquels le général Graziani, est reçu à l'archevêché par le cardinal Schuster, qui lui fait rencontrer une délégation du Comité de libération. Il paraît qu'à la fin de la réunion, Sandro Pertini, arrivé en retard, a croisé Mussolini dans les escaliers, mais c'est peut-être une légende. Le Comité de libération impose une reddition sans condition, avertissant que même les Allemands avaient commencé à traiter avec eux. Les fascistes (les derniers sont toujours les plus désespérés) n'acceptent pas de se rendre de façon ignominieuse, demandent du temps pour y réfléchir, et ils s'en vont.

« Le soir venu, les chefs de la Résistance ne peuvent plus attendre, et ils donnent l'ordre de l'insurrection générale. C'est là que Mussolini fuit vers Côme, avec un convoi des plus fidèles.

« Sa femme Rachel était elle aussi arrivée à Côme avec ses enfants, Romano et Anna Maria, mais, d'une façon tout à fait inexplicable, Mussolini refuse de les voir.

« Pourquoi ? me faisait observer Braggadocio. Parce qu'il s'apprêtait à rejoindre sa maîtresse, la Claretta Petacci ? Mais si elle n'était pas encore arrivée, qu'est-ce que ça lui aurait coûté de passer dix minutes avec sa famille ? Garde ce détail à l'esprit car c'est de là que sont partis mes soupçons.

« Côme paraissait à Mussolini une base sûre parce qu'on disait qu'il y avait peu de partisans dans les environs, et on pouvait s'y cacher jusqu'à l'arrivée des Alliés. Tout le problème de Mussolini était en effet de ne pas tomber entre les mains des partisans et de se rendre aux Alliés, qui lui auraient accordé un procès régulier, et qui vivra verra. Ou peut-être jugeait-il que, depuis Côme, on pouvait ensuite rejoindre la Valteline, où de solides fidèles, comme Pavolini, pourraient organiser une forte résistance avec quelques milliers d'hommes.

« Mais voilà qu'on renonce à Côme. Je te fais grâce des divers déplacements de ce damné convoi, parce que moi-même, je ne m'y retrouve pas et que les détails de leurs allées et venues ne sont pas utiles pour mon enquête. Disons qu'ils mettent le cap sur Menaggio, peut-être pour essayer de passer en Suisse, et ils arrivent à Cardano, où la

Petacci les rejoint. Se pointe alors une escorte allemande, qui avait reçu de Hitler l'ordre de conduire son ami en Allemagne (un avion l'aurait sans doute attendu à Chiavenna pour le mettre à l'abri en Bavière). Mais quelqu'un décrète qu'il est impossible d'atteindre Chiavenna, le convoi retourne à Menaggio, dans la nuit débarque Pavolini, qui aurait dû emmener avec lui des renforts militaires mais qui n'est accompagné que par sept ou huit hommes de la Garde nationale républicaine. Le Duce se sent traqué, la résistance fasciste en Valteline, c'est dans ses rêves, il ne lui reste qu'à se joindre, avec les hiérarques et leurs familles, à une colonne allemande qui cherche à franchir les Alpes. Il s'agit de vingt-huit camions de soldats, avec des mitrailleuses sur chaque camion, et d'une colonne d'Italiens composée d'une automitrailleuse et d'une dizaine de voitures civiles. Mais à Musso, avant Dongo, la colonne tombe sur les hommes du détachement Puecher de la 52e Brigade Garibaldi. Ils étaient trois pelés et un tondu, leur commandant est Pedro, le comte Pier Luigi Bellini delle Stelle, le commissaire politique est Bill, Urbano Lazzaro. Pedro est une tête brûlée et, en désespoir de cause, il se met à bluffer. Il fait croire aux Allemands qu'autour d'eux la montagne grouille de partisans, il les menace d'ordonner des tirs de mortiers qui, cependant, sont toujours aux mains des Teutons, il se rend compte que le commandant cherche à résister mais les soldats, eux, ont déjà la peur au ventre, avec pour seule envie de sauver leur peau et de rentrer chez eux. Il hausse de plus en plus le ton… Bref, ça tergiverse et, après d'exaspérants pourparlers dont je te fais grâce, Pedro convainc les Allemands de se rendre, mais aussi d'abandonner les Italiens qu'ils traînaient avec eux. Ils peuvent alors poursuivre vers Dongo, où ils devront faire halte et subir une perquisition générale. En somme, les Allemands se comportent en charognes envers leurs alliés, mais sauver sa peau c'est la peau.

« Pedro a demandé qu'on lui livre les Italiens parce qu'il est certain qu'il s'agit des hiérarques fascistes, sans compter qu'une rumeur commence à se répandre : parmi eux, il y aurait même Mussolini. Pedro y croit sans y croire, il va parlementer avec le chef de l'automitrailleuse, sous-secrétaire à la présidence du conseil des ministres (de la défunte République sociale), Barracu, mutilé de guerre qui exhibe une médaille d'or et qui, au fond, lui fait une bonne impression. Barracu voudrait poursuivre vers Trieste où il se propose de sauver la ville de l'invasion yougoslave, et Pedro lui fait gentiment comprendre qu'il est fou, qu'il n'arrivera jamais à Trieste et que, s'il y arrivait, il se retrouverait avec quatre bonshommes contre l'armée de Tito. Alors Barracu demande à faire marche arrière pour rejoindre Graziani, Dieu sait où. Pedro (après avoir perquisitionné l'automitrailleuse, et vu que Mussolini n'y est pas) consent à les laisser rebrousser chemin. Il ne veut pas engager une fusillade qui pourrait alerter les Allemands et les faire revenir sur leurs pas, mais partout Pedro donne l'ordre aux siens de vérifier que l'automitrailleuse fasse vraiment marche arrière parce que si elle faisait ne serait-ce que deux mètres en avant, il faudrait tirer. Or, l'automitrailleuse fait un bond en avant en tirant, ou peut-être qu'elle va en avant rien que pour bien faire marche arrière, qui sait comment les choses se sont passées, les partisans s'énervent et font feu, bref échange de tirs, deux fascistes morts et deux partisans blessés, et pour finir, aussi bien les passagers de l'automitrailleuse que ceux des voitures sont arrêtés. Parmi eux, Pavolini tente de fuir et se jette dans le lac, mais il est repêché et remis, trempé comme une soupe, avec les autres.

« À ce moment, Pedro reçoit un message de Bill, qui se trouve à Dongo. Tandis qu'ils sont en train de perquisitionner les camions de la colonne allemande, un partisan, Giuseppe Negri, l'appelle et lui dit en patois *"ghè chi el Crapun"*, en clair : la grosse tête est là. Selon lui, un étrange soldat casqué, avec des lunettes de soleil et le col du manteau relevé, n'est autre que Mussolini. Bill va contrôler, l'étrange soldat joue les ignorants mais finit par être démasqué, c'est vraiment lui, le Duce, et Bill – ne sachant pas trop quoi faire – cherche à être à la hauteur de ce moment historique et il lui dit : "Au nom du peuple italien, je vous arrête." Et il l'emmène à la mairie.

« Pendant ce temps, à Musso, parmi les voitures des Italiens, on découvre dans l'une d'elles deux femmes, deux enfants et un type qui affirme être le consul espagnol, lequel a un important rendez-vous en Suisse avec un énigmatique agent anglais, mais ses papiers paraissent faux et, malgré ses protestations, on le met aux arrêts.

« Pedro et ses hommes sont en train de vivre un moment historique mais au début, on dirait qu'ils ne s'en rendent pas compte, ils ne se soucient que de maintenir l'ordre public, d'éviter un lynchage, d'assurer aux prisonniers qu'il ne leur sera fait aucun mal et qu'ils seront remis au gouvernement italien dès que possible. Et, en effet, dans l'après-midi du 27 avril, Pedro parvient à téléphoner à Milan et à annoncer l'arrestation. À cet instant, entre en scène le Comité de libération qui venait de recevoir un télégramme des Alliés leur demandant de livrer le Duce et tous les membres du gouvernement de la République sociale, en accord avec une clause de l'armistice signé en 1943 par Badoglio et Eisenhower ("Benito Mussolini, ses principaux associés fascistes… qui, dans l'immédiat ou à l'avenir se trouveraient en territoire contrôlé par le commandement militaire allié ou par le gouvernement italien, seront arrêtés sans délai et remis aux forces des Nations unies"). Et on disait qu'un avion allait atterrir à l'aéroport de Bresso pour récupérer le dictateur. Le Comité de libération était convaincu que Mussolini, entre les mains des Alliés, s'en tirerait avec quelques années d'enfermement dans une forteresse et reviendrait sur le devant de la scène. Luigi Longo (qui représentait les communistes au sein du Comité) insistait pour qu'on l'exécute, sans attendre, dans le feu de l'action, sans procès et sans déclarations solennelles. La majorité du Comité percevait que le pays avait besoin d'un symbole immédiat et concret pour comprendre que les vingt ans de fascisme étaient vraiment terminés : le corps mort du Duce. La crainte n'était pas seulement que les Alliés s'emparent de Mussolini ; si le sort de Mussolini n'était pas connu, son image perdurerait, une présence désincarnée mais encombrante, comme le Frédéric Barberousse de la légende, enfermé dans une caverne, prêt à inspirer des fantasmes de retour au passé.

« Et tu vas bientôt voir que les mecs de Milan avaient raison… Tous n'étaient pas du même avis : parmi les membres du Comité, le général Cadorna penchait du côté des Alliés, mais il avait été mis en minorité et le Comité avait décidé d'envoyer une mission à Côme pour procéder à l'exécution. La patrouille, toujours selon la vulgate, était commandée par un communiste pur et dur, le colonel Valerio, et par le commissaire politique Aldo Lampredi.

« Je t'épargne toutes les autres hypothèses, par exemple, que l'exécuteur n'était pas Valerio mais quelqu'un de plus important que lui. On a même murmuré que le vrai justicier était le fils de

Matteotti, ou que celui qui a fait feu était Lampredi, le véritable cerveau de la mission. Et ainsi de suite. Mais prenons pour argent comptant ce qui a été révélé en 1947, que Valerio était le comptable Walter Audisio, lequel entrerait plus tard en héros au Parlement, dans les rangs du Parti communiste. Pour moi, Valerio ou un autre, ça ne change rien, continuons donc à parler de Valerio. Alors Valerio, avec un peloton de ses hommes, part pour Dongo. Entre-temps, ignorant l'arrivée imminente de Valerio, Pedro décide de cacher le Duce parce qu'il a peur que des unités de fascistes errants ne tentent de le libérer. Et, afin que le refuge du prisonnier reste secret, il décide de le transférer dans un premier temps vers l'intérieur des terres, à la caserne de la Guardia di Finanza de Germasino. Puis, persuadé que la nouvelle se répandrait vite, de l'emmener de nuit aux environs de Côme. Et cette fois-ci, le lieu ne serait connu que de très rares personnes.

« À Germasino, Pedro a l'occasion d'échanger quelques mots avec le prisonnier ; celui-ci le prie de transmettre ses salutations à une dame qui se trouvait dans une voiture avec le consul d'Espagne et, après quelque réticence, il admet qu'il s'agit de la Petacci. Pedro rencontre ensuite la "dame", qui essaie d'abord de se faire passer pour une autre, puis elle cède, s'épanche en racontant sa vie auprès du Duce et demande comme grâce ultime d'être réunie avec son bien-aimé. Ce à quoi

Pedro, perplexe, touché par cette histoire humaine, consent après avoir consulté ses collaborateurs. Et voilà que la Petacci participe au transfert nocturne de Mussolini vers la deuxième planque, qui n'est jamais atteinte, car ils apprennent que les Alliés sont déjà à Côme en train de liquider un dernier foyer d'opposition fasciste. Le petit convoi de deux voitures se déroute vers le nord et s'arrête à Azzano. Après un court trajet à pied, les fugitifs sont accueillis par une famille de confiance, les De Maria, et Mussolini et la Petacci ont à leur disposition une jolie chambrette avec un grand lit.

« Pedro ne sait pas que c'est la dernière fois qu'il voit Mussolini. Il revient à Dongo, et arrive sur la place un camion chargé d'hommes armés, dans des uniformes flambant neufs qui contrastent avec les frusques de fortune et en lambeaux de ses partisans. Les nouveaux venus forment les rangs devant la mairie. Leur chef se présente comme le colonel Valerio, officier envoyé avec les pleins pouvoirs du commandement général du Corps des volontaires de la liberté, il exhibe des références irréprochables et dit qu'il a été envoyé pour fusiller les prisonniers, tous. Pedro tente de s'opposer et demande qu'ils soient livrés à qui pourra mettre en place un procès régulier, mais Valerio, fort de son grade, exige la liste des personnes arrêtées et met à côté de chaque nom une petite croix noire. Pedro voit que Claretta Petacci, elle aussi, est condamnée à mort, il objecte qu'elle n'est que la maîtresse du dictateur, mais Valerio répond que tels sont les ordres du commandement de Milan.

« Et fais bien gaffe à ce point, qui ressort très clairement des mémoires de Pedro, car Valerio, selon d'autres versions, dira plus tard que quand la Petacci s'était enlacée au Duce, il lui avait demandé de s'écarter, mais elle n'avait pas obéi et avait été tuée, pour ainsi dire par erreur, ou par excès de zèle. En fait, elle avait été condamnée, mais le hic, c'est que Valerio raconte des histoires différentes et que nous ne pouvons pas lui faire confiance.

« Suivent quelques événements confus : informé de la présence du présumé consul d'Espagne, Valerio veut le voir, il lui parle en espagnol et l'autre est incapable de répondre dans cette langue, preuve qu'il n'est pas si espagnol que ça. Valerio le gifle avec violence, l'identifie comme Vittorio Mussolini et ordonne à Bill de l'emmener au bord du lac et de le fusiller. Mais au cours du trajet, quelqu'un reconnaît en lui Marcello Petacci, le frère de Claretta, et Bill le ramène, tandis que l'autre divague sur ses services rendus à l'Italie, sur des armes secrètes qu'il avait découvertes et cachées à Hitler. Valerio l'ajoute à la liste des condamnés.

« Sitôt après, Valerio et ses hommes arrivent chez les De Maria, ils emmènent Mussolini et la Petacci et les conduisent en voiture dans une étroite allée à Giulino di Mezzegra, où ils les font descendre. Il semble qu'au début Mussolini croyait que Valerio était venu le libérer, et ce n'est qu'alors qu'il avait compris ce qui l'attendait. Valerio le pousse contre une grille et lui lit la sentence, essayant (aurait-il dit après) de le séparer de Claretta, qui reste désespérément serrée contre son amant. Valerio met en joue, sa mitraillette s'enraye, il en demande une autre à Lampredi et décharge cinq coups sur le condamné. Il dira que la Petacci s'était soudain placée sur la trajectoire des balles et qu'elle avait été tuée par erreur. Nous sommes le 28 avril.

« Mais tout ça, nous le savons d'après les témoignages de Valerio. Il raconte que Mussolini a fini comme une loque humaine ; d'autres, des légendes nées par la suite, disent qu'il aurait ouvert le col de son paletot en s'écriant visez au cœur. En réalité, ce qui s'est passé dans cette étroite allée, personne ne le sait, à part les exécuteurs, manipulés par le Parti communiste.

« Valerio retourne à Dongo et fait passer par les armes tous les autres hiérarques. Barracu demande à ne pas être fusillé dans le dos, mais il subit le même sort que les autres. Valerio met aussi Marcello Petacci dans le lot, mais les autres condamnés protestent car ils le considèrent comme un traître, et Dieu sait en effet ce que cet individu avait dû magouiller. On décide de le fusiller à part. Petacci s'échappe et s'enfuit vers le lac, il est repris mais parvient de nouveau à se libérer, plonge dans les eaux et nage comme un désespéré, on l'achève à coup de rafales de mitraillette et de tirs de carabine. Plus tard, Pedro, qui n'a pas voulu que ses hommes participent à l'exécution, fait repêcher le cadavre pour le mettre dans le camion où Valerio a chargé les autres cadavres. Le véhicule se rend à Giulino pour récupérer les corps du Duce et de Claretta. Après quoi, cap sur Milan où, le 29 avril, ils sont tous déchargés piazzale Loreto, où avaient été jetés les cadavres des partisans fusillés près d'un an auparavant – les miliciens fascistes les avaient laissés exposés, abandonnés au soleil toute la journée, empêchant les familles d'en recueillir les restes. »

C'est alors que Braggadocio m'avait saisi par un bras, me serrant si fort que je m'étais libéré d'une violente secousse : « Pardon, avait-il dit, mais j'arrive au cœur de mon problème. Écoute bien : c'est à l'archevêché de Milan que Mussolini a été vu en public pour la dernière fois par des gens qui le connaissaient. Depuis, il n'a voyagé qu'avec ses plus fidèles. À partir du moment où il a été recueilli par les Allemands, et ensuite arrêté par les partisans, tous ceux qui ont eu affaire à lui ne l'avaient jamais connu en personne, ils ne l'avaient vu qu'en photo ou dans les films de propagande, et les photos des deux dernières années le montraient si amaigri et hagard qu'on murmurait, façon de parler ou pas, qu'il n'était plus lui-même. Je t'ai parlé de sa dernière interview accordée à Cabella, le 20 avril, que Mussolini relit et signe le 22, tu t'en

126

souviens ? Eh bien, Cabella note dans ses mémoires :
"J'observai que Mussolini se portait très bien,
contrairement aux rumeurs qui circulaient. Il allait
infiniment mieux que la dernière fois où je l'avais
vu. C'était en décembre 1944, à l'occasion de son
discours au Lirico. Il m'avait déjà reçu – la même
année en février, en mars et en août –, jamais il
ne m'était apparu aussi resplendissant. Son teint
m'a semblé sain et bronzé ; ses yeux, vifs, il bou-
geait avec aisance. Il avait même légèrement grossi.
Du moins, sa maigreur, qui m'avait tant frappé en
février de l'année précédente et qui donnait à son
visage un aspect émacié, presque décharné, avait
disparu." Admettons que Cabella faisait de la propagande et voulait présenter un Duce au top de
ses facultés. Mais alors écoute à présent, lisons
dans les mémoires de Pedro, le récit de sa première
rencontre avec le Duce, après l'arrestation : "Il est
assis à droite de la porte, près d'une grande table.
Si je ne savais pas que c'est lui, je ne le reconnaî-
trais peut-être pas. Il est vieux, émacié, effrayé. Il
a les yeux presque exorbités et n'arrive pas à fixer
son regard. Il tourne la tête de-ci de-là par à-coups
étranges, en regardant autour de lui comme s'il
avait peur…" D'accord, il venait d'être arrêté,
normal qu'il ait peur, mais l'interview datait de
moins d'une semaine, et quelques heures avant
cette rencontre il était convaincu de pouvoir passer la frontière. Il te semble plausible qu'un homme
puisse maigrir comme ça, en sept jours ? Donc

l'homme dont parlait Cabella et celui dont parlait Pedro n'étaient pas le même individu. Note que Valerio ne connaissait pas Mussolini personnellement, il était parti pour fusiller un mythe, une image, l'homme qui faisait les moissons et annonçait l'entrée en guerre…

— Tu veux donc me dire qu'il y avait deux Mussolini…

— Poursuivons. La nouvelle de l'arrivée des fusillés se répand à travers la ville, et le large carrefour Loreto est envahi par une foule partagée entre fête et férocité, qui se presse au point de piétiner les cadavres, les défigurant, les insultant, les couvrant de crachats, leur flanquant des coups de pied. Une femme avait tiré cinq coups de pistolet sur Mussolini pour venger ses cinq fils tués à la guerre, une autre avait pissé sur la Petacci. Quelqu'un était enfin intervenu pour soustraire ces morts au carnage, les avait suspendus par les pieds au pylône d'un distributeur d'essence. Et c'est comme ça que nous les montrent les photos de l'époque, je les ai découpées dans les journaux, voici piazzale Loreto et là, ce sont les corps de Mussolini et de Claretta, quand, le lendemain, une escouade de partisans avait emporté les cadavres à la morgue de piazzale Gorini. Regarde bien ces photos. Ce sont des corps de personnes défigurées, d'abord par les balles, ensuite par un piétinement bestial, et par ailleurs as-tu jamais vu un visage photographié la tête en bas, les yeux à la place de la bouche et la bouche à la place des yeux ? Le visage devient méconnaissable.

— Par conséquent, l'homme de piazzale Loreto, l'homme tué par Valerio, n'était pas Mussolini. Mais la Petacci, quand elle l'a rejoint, l'aurait reconnu…

— La Petacci, on y reviendra. Laisse-moi d'abord t'exposer mon hypothèse. Un dictateur devrait avoir un sosie, et qui sait combien de fois il l'avait utilisé pour des parades officielles où il devait défiler droit, debout dans une voiture, toujours vu de loin pour éviter des attentats. À présent imagine que, pour permettre au Duce de fuir sans encombre, à partir du moment où il part pour Côme, Mussolini n'est plus Mussolini mais son sosie.

— Et Mussolini, où est-il ?

— Patience, j'y viens. Le sosie a vécu pendant des années une vie retirée, bien payé et bien repu, exhibé en de rares occasions. Désormais, il s'identifie presque à Mussolini, et il se laisse convaincre de prendre sa place une dernière fois encore car, lui explique-t-on, quand bien même il serait capturé avant de passer la frontière, personne n'oserait toucher au Duce. Il faudrait qu'il tienne son rôle sans trop en faire, jusqu'à l'arrivée des Alliés. Alors il pourrait révéler son identité, et aucune accusation ne pourrait être retenue contre lui, à la rigueur, il s'en tirerait avec quelques mois de camp de concentration. En échange, un beau magot l'attend dans une banque suisse.

— Mais les hiérarques qui l'accompagnent jusqu'au bout ?

— Ils ont accepté la mise en scène pour permettre à leur chef de s'enfuir et, s'il rejoint les Alliés, il essayera de les sauver eux aussi. Ou alors les plus fanatiques veulent résister jusqu'au bout, et ils ont besoin d'une image crédible pour galvaniser les derniers désespérés disposés à se battre. Ou bien, depuis le départ, Mussolini a voyagé dans une voiture accompagné de deux ou trois collaborateurs de confiance, et tous ses autres hiérarques l'ont toujours vu de loin, avec ses lunettes de soleil. Je ne sais pas, mais ça ne fait pas une grande différence. L'hypothèse du sosie est la seule et unique qui explique pourquoi le pseudo-Mussolini a évité de rencontrer sa famille à Côme. On ne pouvait mettre tout le cercle de famille dans le secret de cette substitution.

— Et la Petacci ?

— C'est l'histoire la plus pathétique : elle le rejoint en pensant le retrouver, lui, le vrai, et très vite, on lui explique qu'elle doit faire semblant de prendre le sosie pour Mussolini afin que personne ne se doute de rien. Elle doit tenir jusqu'à la frontière, ensuite elle pourra gagner sa liberté.

— Mais la scène finale, quand elle s'agrippe à son cou et veut mourir avec lui ?

— C'est ce que nous a raconté le colonel Valerio. Je fais une autre hypothèse : quand il se voit contre le mur, le sosie fait dans son froc, et il crie qu'il n'est pas Mussolini. Quel lâche, aura pensé Valerio, il a tout essayé. Et allez, il presse la détente. La Petacci avait tout intérêt à confirmer qu'il était bien son amant, et elle s'est mise à l'étreindre pour que la scène soit plus crédible. Elle n'imaginait pas qu'on lui tirerait dessus, mais après tout, les femmes sont hystériques par nature, elle avait peut-être perdu la tête, et Valerio n'a sans doute pas eu d'autre choix que de faire taire cette exaltée d'une rafale. Ou bien, une autre possibilité : Valerio se rend compte du subterfuge, mais il a été choisi pour tuer Mussolini, lui, l'unique élu d'entre tous les Italiens, et il aurait dû renoncer à la gloire qui l'attendait ? Donc, lui aussi a joué le jeu. Si, vivant, un sosie ressemble à son modèle, mort, il lui ressemblera plus encore. Qui l'aurait démenti ? Le Comité de libération avait besoin d'un cadavre, et il l'aurait. Si, un jour, le vrai Mussolini se manifestait, on pourrait toujours l'accuser de n'être qu'un sosie.

— Mais le vrai Mussolini ?

— Ça, c'est la partie de l'hypothèse que je dois encore affiner. Il faut que j'explique comment il a réussi à s'enfuir, et qui l'a aidé. Nous avons les grandes lignes : les Alliés ne veulent pas que Mussolini soit pris par les partisans parce qu'il pourrait révéler des secrets embarrassants, comme la correspondance avec Churchill et qui sait quoi d'autre d'épineux encore. Déjà une bonne raison. Mais surtout, avec la libération de Milan, commence la vraie guerre froide. Les Russes s'approchent de Berlin et ont déjà conquis la moitié de l'Europe. La plupart des partisans sont des communistes, armés jusqu'aux dents, qui constituent pour les Russes une cinquième colonne prête à leur livrer l'Italie aussi. Les Alliés, ou au moins les Américains, doivent donc se prémunir contre une révolution prosoviétique, préparer une possible résistance pour laquelle ils auront besoin des ex-fascistes. D'ailleurs, ne sauveront-ils pas les scientifiques nazis, tel von Braun, en les emmenant en Amérique pour préparer la conquête de l'espace ? Les agents des services secrets américains ne font pas dans le détail. Mussolini, mis en situation de ne pas nuire en tant qu'ennemi, pourrait revenir demain comme ami. Il faut donc l'exfiltrer d'Italie et le mettre quelque temps au vert.

— Et comment ?

— Mais bon Dieu, qui s'était entremis pour que les choses n'en arrivent pas à certaines extrémités ? L'archevêque de Milan, qui suivait à coup sûr les instructions du Vatican. Et qui a aidé un paquet de nazis et de fascistes à s'enfuir en Argentine ? Le Vatican. À présent, essaie d'imaginer : à la sortie de l'évêché, le sosie monte dans la voiture de Mussolini tandis que Mussolini, dans un véhicule banalisé, est conduit au château des Sforza.

— Pourquoi au château ?

— Parce que, de l'archevêché au château, si une auto coupe le long du Dôme, traverse le quartier de la piazza Cordusio et prend la via Dante, elle arrive au château en cinq minutes. Plus facile que d'aller à Côme, non ? Et le château, aujourd'hui encore, est un labyrinthe de souterrains. Certains sont connus et utilisés comme dépotoir, d'autres servaient d'abris antiaériens. Or d'anciens documents prouvent que, au cours des siècles passés, on trouvait de nombreux conduits, d'authentiques galeries qui reliaient le château à différents points de la ville. L'un d'eux existe encore, dit-on, sauf qu'à cause de quelques éboulements, on ne sait pas comment y accéder. Il mènerait du château au couvent de Sainte-Marie-des-Grâces où on cache Mussolini pendant quelques jours, alors que tout le monde le cherche au nord, et puis on massacre son sosie piazzale Loreto. Dès que les choses se calment à Milan, une voiture immatriculée Cité du Vatican passe le prendre de nuit. Les routes sont ce qu'elles sont à l'époque, mais de presbytère en presbytère, de couvent en couvent, il arrive enfin à Rome. Mussolini disparaît derrière les murs du Vatican, et je te laisse choisir la meilleure solution : ou il demeure là, peut-être travesti en vieux monseigneur infirme ; ou bien, muni d'un passeport émis par le Vatican, comme moine maladif, misanthrope, encapuchonné, avec une belle barbe, on l'embarque pour l'Argentine. Et là-bas, il reste au frais.

— En attente de quoi ?

— Ça, je te le dirai après, pour le moment mon hypothèse s'arrête ici.

— Mais pour qu'on la développe, une hypothèse a besoin de preuves.

— Je les aurai d'ici quelques jours, quand j'aurai consulté certaines archives et des journaux de l'époque. Demain, c'est le 25 avril, date fatidique. Je dois aussi rencontrer quelqu'un qui en sait long sur ces fameuses journées. Je réussirai à démontrer que le cadavre de piazzale Loreto n'était pas celui de Mussolini.

— Mais tu ne devais pas écrire un article sur les anciens bordels ?

— Les bordels, ça je connais par cœur, ce sera vite fait dimanche soir, en une heure. Merci de m'avoir écouté, j'avais besoin de parler à quelqu'un. »

Il m'a encore laissé l'addition, et au fond, il l'avait bien mérité. Nous sommes sortis, il a observé les alentours, et il est parti, rasant les murs comme s'il craignait d'être pris en filature.

X

Dimanche 3 mai

Braggadocio était fou. Mais il devait encore me révéler le meilleur et j'avais intérêt à attendre. Son histoire était peut-être inventée, mais elle était romanesque. On verrait bien.

Cependant, folie pour folie, je n'avais pas oublié le prétendu autisme de Maia. Je me disais que je voulais mieux étudier sa psychologie, mais maintenant je sais que je voulais autre chose. Ce soir-là, je l'avais raccompagnée et je ne m'étais pas arrêté à la porte cochère, mais j'avais traversé la cour avec elle. Une Fiat 500 rouge, plutôt mal en point, était garée sous un petit auvent. « C'est ma Jaguar, avait dit Maia, elle a presque vingt ans, mais elle roule, il suffit de faire une révision par an, et tout près d'ici il y a un mécanicien qui a encore des pièces de rechange. Pour vraiment bien la retaper, il faudrait investir, elle deviendrait un collector et se vendrait une fortune. Je ne m'en sers que pour aller au lac d'Orta. Tu ne le sais pas, mais je suis une héritière. Ma grand-mère m'a laissé une petite maison là-haut sur les collines, pas bien plus qu'une bicoque, à la vendre je n'en tirerais pas grand-chose, mais je l'ai meublée petit à petit. Il y a une cheminée, une télé encore noir et blanc, et une belle vue sur le lac et l'île Saint-Jules. C'est mon *buen retiro*, j'y passe presque tous mes week-ends. Ça te dirait qu'on y aille ensemble dimanche ? Nous partons de bonne heure, je prépare un petit repas pour midi – je ne cuisine pas mal – et nous sommes de retour à Milan à l'heure du dîner. »

Le dimanche matin, nous étions en voiture. Maia, qui conduisait, tout d'un coup, s'est exclamée : « Tu as vu ? Elle tombe en ruines, mais il y a encore quelques années, elle était d'un très beau rouge brique.

— Quoi ?

— Mais la maison cantonale, nous venons de la dépasser, sur la gauche.

— Si elle était sur la gauche, toi seule pouvais la voir. Moi, de ma place, je ne vois que ce qu'il y a à droite. Dans ce cercueil pour nouveau-nés, pour voir ce qui se trouve sur la gauche, il faut que je te passe dessus et que je sorte la tête par la vitre. Mais bon sang, tu ne te rends pas compte que je ne pouvais pas la voir, cette maison ?

— Possible », a-t-elle dit, comme si j'étais un original.

C'était le moment de lui faire comprendre quel était son défaut.

« Allons, m'avait-elle répondu en riant, c'est que désormais, je te vois comme mon lord protecteur et en toute confiance je pense que tu penses toujours ce que je pense moi. »

J'étais troublé. Je ne voulais vraiment pas qu'elle pense que je pensais ce qu'elle pensait. C'était une chose trop intime.

Mais en même temps, j'avais été pris par une sorte de tendresse. Je sentais Maia sans défense, au point de se réfugier dans son monde intérieur en refusant de voir ce qui arrivait dans celui des autres, qui sans doute l'avait blessée. Cependant, malgré tout, elle me faisait confiance et, ne pouvant ou ne voulant pas entrer dans mon monde, elle imaginait que je pouvais entrer dans le sien.

Je n'étais pas très à l'aise quand nous avons pénétré dans la maisonnette. Gracieuse, plutôt spartiate. C'était au début du mois de mai et là-haut, il faisait encore frais. Elle a allumé la cheminée et dès que le feu est parti, elle s'est levée et m'a regardé, heureuse, le visage encore rougi par les premières flammes : « Je suis… contente », a-t-elle dit, et son bonheur m'a conquis.

« Je suis… content moi aussi », ai-je dit. Puis je l'ai prise par les épaules et, presque sans m'en apercevoir, je l'ai embrassée et je l'ai sentie se serrer contre moi, maigre comme un petit moineau. Pourtant Braggadocio se trompait : des seins, elle en avait, petits mais fermes. Le Cantique des Cantiques : comme deux faons de lait.

« Je suis contente », a-t-elle répété.

J'ai tenté la dernière résistance : « Mais tu sais que je pourrais être ton père ?

— Quel bel inceste », a-t-elle dit.

Elle s'est assise sur le lit et, d'un coup, pointe et talon, a fait voler au loin ses chaussures. Sans doute Braggadocio avait-il raison : elle était folle, mais ce geste m'a contraint à la reddition.

Nous avons sauté le repas. Nous sommes restés dans son nid jusqu'au soir, et il ne nous est pas venu à l'esprit de rentrer à Milan. J'avais été pris au piège. Il me semblait avoir vingt ans, ou du moins seulement trente, comme elle.

« Maia, lui ai-je dit le lendemain matin sur le chemin du retour, il faut qu'on tienne le coup avec Simei jusqu'à ce que j'aie un peu d'argent, ensuite je t'emmènerai loin de ce panier de crabes. Tiens bon encore un peu. Ensuite nous verrons, on pourrait aller dans les îles du Sud.

— Je n'y crois pas, mais c'est agréable d'y penser, Tusitala. Pour le moment, si tu es près de moi, je supporte même Simei, et je me charge des horoscopes. »

XI

Vendredi 8 mai

Le matin du 5 mai, Simei paraissait excité : « J'ai un boulot pour l'un d'entre vous, mettons Palatino, qui pour le moment est libre. Vous avez dû lire qu'au cours des mois passés – donc la nouvelle était fraîche en février –, un magistrat de Rimini a ouvert une enquête sur l'administration de certaines maisons de repos pour personnes âgées. Sujet à scoops, après l'affaire du Pio Albergo Trivulzio. Aucune de ces maisons n'appartient à notre éditeur, mais il possède des établissements du même genre situés, eux aussi, sur la côte adriatique. Il ne faudrait pas qu'un jour ce magistrat mette son nez dans les affaires du Commandeur. Il conviendrait, pour le plaisir de notre éditeur, que nous trouvions de quoi jeter l'ombre du soupçon sur ce juge fouineur. Sachez qu'aujourd'hui, pour contrecarrer une accusation, il n'est pas nécessaire de prouver le contraire, il suffit de délégitimer l'accusateur. Voici donc son nom et son prénom,

Palatino fait un saut à Rimini avec un magnéto-phone et un appareil photo. Suivez cet intègre serviteur de l'État, personne ne l'est jamais à cent pour cent. Il n'est peut-être pas pédophile, il n'a pas assassiné sa grand-mère, il n'a pas empoché de pots-de-vin, mais il a bien dû faire quelque chose de louche. Ou bien, si vous me passez l'ex-pression, on louchifie ce qu'il fait. Palatino, servez-vous de votre imagination. Compris ? »

Trois jours plus tard, Palatino était revenu avec des infos fort alléchantes. Il avait photographié le magistrat alors que, assis sur le banc d'un square, il fumait nerveusement une cigarette après l'autre, une dizaine de mégots à ses pieds. Palatino ne savait pas si c'était intéressant, mais Simei avait dit que oui, un homme dont nous attendons pon-dération et objectivité donnait l'impression d'être un névrosé, et surtout un oisif qui, au lieu de suer sur ses dossiers, était là, à perdre son temps dans un jardin public. Palatino l'avait même pris en photo dans un restaurant chinois. À travers la vitre, on le voyait manger. Avec des baguettes.

« Magnifique, avait dit Simei, notre lecteur ne va pas au restaurant chinois, il est même probable que là où il vit il n'y en ait pas, et il ne songerait jamais à manger avec des baguettes, comme un sauvage. Pourquoi ce type fréquente-t-il les milieux chinois ? se demandera le lecteur. Pourquoi, si c'est un magistrat sérieux, ne mange-t-il pas des vermi-celles ou des spaghetti, comme tout le monde ?

— Si c'est ça, avait ajouté Palatino, il portait aussi des chaussettes de couleur, émeraude ou vert petit pois, et des chaussures de tennis.

— *El purtava i scarp del tennis !* Des tennis et des chaussettes émeraude ! avait jubilé Simei. Ce mec est un dandy, ou un hippie, un "enfant des fleurs", comme on disait autrefois. Il en faut peu pour imaginer qu'il se roule des pétards. Mais ça, on ne le dit pas, le lecteur doit le déduire tout seul. Travaillez sur ces éléments, Palatino, brossez-nous un portrait en clair-obscur en insistant sur l'obscur, l'homme sera rhabillé comme il se doit. D'une non-information, nous avons tiré une information. Et sans mentir. Je crois que le Commandeur sera content de vous. Et de nous tous, bien sûr. »

Lucidi était intervenu : « Un journal sérieux doit avoir des dossiers.

— Que voulez-vous dire ? avait demandé Simei.

— Comme les nécros. Un journal ne peut pas entrer en crise parce que, à dix heures du soir, tombe l'annonce d'une mort importante et que personne n'est en mesure, en une demi-heure, de bâtir une nécrologie. C'est pour ça qu'on prépare les nécrologies à l'avance, et si un personnage illustre meurt sans crier gare, la nécro est déjà faite, il n'y a plus qu'à ajouter l'heure de la mort.

— Mais on n'a pas besoin de faire nos numéros zéro la veille pour le lendemain. Si nous en faisons un à telle date, il suffit d'aller voir dans les journaux de ce jour-là et la nécro, on l'a, ai-je dit.

— Et nous ne parlerons que de la mort d'un ministre ou d'un grand industriel, a renchéri Simei, pas d'un obscur rimailleur dont nos lecteurs n'ont jamais entendu parler. Ces décès servent à remplir les pages culturelles des grands quotidiens qui publient là chaque jour des informations et des commentaires inutiles.

— J'insiste, a dit Lucidi, les nécros étaient un exemple, mais les dossiers sont importants afin de recueillir, sur tel ou tel personnage, toutes les indiscrétions nécessaires, quel que soit le type d'article. Cela évite les recherches de dernière minute.

— Je comprends, avait dit Simei, mais c'est un luxe de grand journal. Constituer un dossier implique de faire des recherches, et je ne peux employer aucun d'entre vous à compiler des dossiers toute la sainte journée.

— Mais pas du tout, avait souri Lucidi. Un étudiant peut s'en charger, on lui donne quatre sous pour qu'il écume les hémérothèques. Vous n'allez pas croire que les dossiers, et là je ne parle pas que des journaux, mais aussi des services secrets, contiennent des informations inédites ? Même les services secrets n'ont pas de temps à perdre. Un dossier, ce sont des coupures de presse, des articles, où on dit ce que tout le monde sait. Sauf que le ministre ou le leader de l'opposition auquel il est destiné n'a jamais le temps de lire les journaux, et qu'il prend ces informations pour des secrets d'État. La personne en charge du dossier fait en sorte que des nouvelles éparses alimentent des soupçons, des allusions. Une coupure dit qu'untel a écopé d'une amende il y a des années pour excès de vitesse, une autre que le mois passé il a visité un camp de scouts, que la veille il a été vu dans une discothèque. On peut très bien partir de là pour suggérer qu'il s'agit d'un casse-cou qui viole le code de la route pour se rendre dans des lieux où l'on boit, et que, peut-être, je dis bien peut-être, mais c'est clair, il aime les petits garçons. Ça suffit pour le discréditer. Et en ne disant que la stricte vérité. Par ailleurs, la force d'un dossier, c'est qu'il n'est même pas utile de le montrer : il suffit de faire courir le bruit qu'il existe et qu'il contient des infos – disons – intéressantes. Cet untel apprend que tu as des infos sur lui, il ne sait pas lesquelles, mais on a tous quelque cadavre dans le placard, et il se trouve piégé : tu vas lui demander quelque chose, il sera ton obligé.

— Cette idée de dossiers me plaît, a déclaré Simei. Notre éditeur apprécierait d'avoir les moyens de contrôler des personnes qui ne l'aiment pas ou que lui n'aime pas. Colonna, soyez gentil, dressez une liste de personnes susceptibles d'avoir des démêlés avec notre éditeur, trouvez un étudiant recalé et sans le sou, faites-lui préparer une dizaine de dossiers, ça suffira pour le moment. Excellente initiative, et peu coûteuse.

— C'est comme ça qu'on fait en politique, a conclu Lucidi, de l'air de celui qui sait comment va le monde.

— Mademoiselle Fresia, a ricané Simei, ne faites pas cette tête scandalisée. Vous croyez que vos journaux people n'ont pas leurs dossiers ? Il se pourrait bien que vous ayez été chargée de photographier deux acteurs, ou une speakerine de télé avec un footballeur, qui acceptent, certes, de se tenir par la main mais, pour s'assurer qu'ils ne protestent pas, votre directeur les avait informés qu'il avait un dossier, des choses bien plus intimes, et pourquoi pas que la fille, quelques années plus tôt, avait été surprise dans une maison de rendez-vous. »

En regardant Maia, Lucidi, qui sans doute avait un cœur, a décidé de changer de conversation.

« Je suis venu avec d'autres infos, naturellement tirées de mes dossiers personnels. Le 5 juin 1990, le marquis Alessandro Gerini lègue une partie de son patrimoine à la fondation Gerini, organisme ecclésiastique sous le contrôle de la Congrégation salésienne. Jusqu'à ce jour, on ne sait pas où cet argent a fini. Certains insinuent que les salésiens l'auraient reçu, mais feraient mine de rien, pour des raisons fiscales. Plus vraisemblablement, ils n'ont encore rien touché, et on murmure que la cession dépend d'un mystérieux médiateur, peut-être un homme de loi, réclamant toutefois une commission qui a tout l'air d'un véritable pot-de-vin. Par ailleurs, on raconte que ceux qui ont favorisé cette opération feraient aussi partie des milieux salésiens, et nous nous trouverions donc face à un partage illégal du magot. Pour l'instant, ce ne sont que des rumeurs mais je peux essayer d'en savoir plus.

— Faites, avait dit Simei, mais ne créez de conflits ni avec les salésiens ni avec le Vatican. Éventuellement, on titrera *Les salésiens victimes d'une escroquerie ?*, avec un point d'interrogation. Comme ça on ne crée pas d'incident avec eux.

— Et si nous mettions *Les salésiens dans l'œil du cyclone ?* » avait demandé Cambria, inopportun comme à son habitude.

J'étais intervenu avec sévérité : « Je croyais avoir été clair. Dans l'œil du cyclone, pour nos lecteurs, ça veut dire dans le pétrin, et on peut s'y être mis soi-même.

— En effet, a dit Simei. Limitons-nous à diffuser des soupçons généralisés. Il y a quelqu'un qui pêche en eaux troubles, et même si nous ne savons pas qui c'est, nous lui ferons certainement peur. Cela suffit. Ensuite, nous en tirerons profit, ou plutôt notre éditeur, le moment venu. Bravo Lucidi, continuez. Le plus grand respect pour les salésiens, je vous en prie, mais qu'ils s'inquiètent un peu eux aussi, ça ne fait pas de mal.

— Pardon, avait demandé Maia avec timidité, mais notre éditeur approuve ou approuvera cette politique, comment dire, du dossier et de l'insinuation ? Juste pour savoir.

— Nous ne devons pas rendre compte de nos méthodes à l'éditeur, avait réagi, indigné, Simei.

Personne n'a jamais essayé de m'influencer, d'aucune façon. Allez, au travail. »

Ce jour-là, j'avais eu un entretien très privé avec Simei. Je n'avais certes pas oublié les « mémoires », et j'avais déjà redigé un premier jet de quelques chapitres du livre *Domani : ieri.* J'y parlais plus ou moins des réunions de rédaction, mais en intervertissant les rôles, c'est-à-dire en montrant un Simei prêt à affronter toute dénonciation même si ses collaborateurs lui conseillaient la prudence. J'allais jusqu'à penser ajouter un tout dernier chapitre où un haut prélat proche des salésiens lui passait un coup de fil d'une voix sucrée l'invitant à ne pas s'occuper de la malheureuse histoire du marquis Gerini. Sans parler d'autres coups de téléphone, pour le prévenir amicalement que ce ne serait pas bien de salir le Pio Albergo Trivulzio. Mais Simei avait repris la célèbre réplique d'Humphrey Bogart : « C'est la presse, ma jolie, et tu n'y peux rien ! »

« Magnifique, avait commenté Simei tout excité, vous êtes précieux, Colonna, continuons ainsi. »

Naturellement, je m'étais senti plus humilié que Maia, avec ses horoscopes, mais le vin était tiré, il fallait le boire. Et penser aux mers du Sud, fussent-elles à Loano, sur la côte ligure – pour un perdant tel que moi, cela ferait l'affaire.

XII

Lundi 11 mai

Le lundi suivant, Simei nous a convoqués :
« Costanza, a-t-il dit, dans votre article sur les
fleurs de bitume vous utilisez des expressions
comme mettre le bordel, putain, sucer, baiser,
déconner, et vous mettez en scène une tapineuse
qui dit va te faire foutre.

— Mais c'est comme ça, a protesté Costanza.
De nos jours, tout le monde utilise des gros
mots, même à la télé, et même les dames disent
sucer.

— Ce que fait la haute société ne nous intéresse
pas. Nous devons penser aux lecteurs qui ont
encore peur des gros mots. Il faut utiliser des cir-
conlocutions. Colonna ? »

Je suis intervenu : « On peut très bien dire créer
une grande confusion, vergedieu, berner, dérai-
sonner et allez au diable.

— Dieu sait ce qu'ils font au diable, a ricané
Braggadocio.

— Ce qu'ils y font, nous n'avons pas à en rendre compte », a répliqué Simei.

Puis nous sommes passés à autre chose et au bout d'une heure, la réunion était terminée, Maia m'a pris à part avec Braggadocio : « Je n'interviens plus parce que j'ai toujours tort, mais il serait bien de publier un vade-mecum de remplacement.

— Remplacement de quoi ? a demandé Braggadocio.

— Mais des gros mots dont on parlait.

— On en parlait il y a une heure ! a explosé Braggadocio, excédé, en me regardant comme pour dire "tu vois, avec elle c'est toujours comme ça".

— Laisse tomber, lui ai-je dit, d'un ton conciliant, c'est pas grave si elle a continué à gamberger… Allons Maia, dis-nous le fin fond de ta pensée.

— En somme, il serait bon de suggérer qu'au lieu de dire "tête de nœud" quand on veut exprimer la surprise ou le désappointement devant un crétin, on devrait dire : "Ô organe externe de l'appareil génito-urinaire masculin en forme d'appendice cylindrique inséré dans la partie antérieure du périnée, tu ne comprends rien !"

— Mais vous êtes folle à lier, a réagi Braggadocio. Colonna, tu pourrais venir à ma table, je voudrais te montrer quelque chose ? »

Je me suis isolé avec Braggadocio en faisant un clin d'œil à Maia dont l'autisme, si telle était sa maladie, m'enchantait de plus en plus.

Ils étaient tous sortis, il commençait à faire sombre, et, à la lumière d'une lampe, Braggadocio étalait une série de photocopies.

« Colonna, avait-il débuté en entourant sa paperasse de ses bras comme s'il voulait la soustraire à la vue de tous, regarde ces documents que j'ai trouvés dans les archives. Le lendemain de l'exposition sur piazzale Loreto, le cadavre est transféré à l'institut médico-légal de l'université, pour l'autopsie, et voici le rapport du médecin. Lis : *Institut médico-légal et des assurances de l'Université royale de Milan, professeur Mario Cattabeni, Procès verbal de nécroscopie n° 7241 exécutée le 30 avril 1945 sur le cadavre de Benito Mussolini décédé le 28 avril 1945. La dépouille est préparée sur la table anatomique sans le moindre vêtement. Elle pèse 72 kg. On ne peut mesurer sa stature de 1,66 m que par approximation, étant donné la considérable transformation traumatique de la tête. Le visage est défiguré par de complexes lésions d'arme à feu et des contusions qui rendent à peu près méconnaissables les traits physionomiques. On ne peut effectuer de relevés anthropométriques de la tête déformée par de multiples fractures avec déplacement du massif crânio-facial...* Sautons : *Tête, déformée par déstructuration squelettique complète, avec profonde* *dépression de toute la région pariéto-occipitale gauche et écrasement de la partie orbitale du même côté, le globe oculaire apparaît amolli et déchiré avec écoulement complet de l'humeur vitrée ; la paroi cellulaire adipeuse de l'orbite, largement découverte par une ample lacération, sans infiltration de sang. Dans la région frontale médiane et dans la zone pariéto-frontale gauche, deux vastes ruptures linéaires du cuir chevelu, aux bords lacérés, d'une largeur d'environ 6 cm chacune, découvrant la boîte crânienne. Dans la région occipitale, à droite de la ligne médiane, deux trous rapprochés aux bords déchirés et irréguliers, d'un diamètre de moins de 2 cm environ sur lesquels affleure de la substance cérébrale en bouillie, sans trace d'infiltrations hématiques.* Tu te rends compte ? Substance cérébrale en bouillie ! »*

Braggadocio n'était pas loin de transpirer, ses mains tremblaient, sa lèvre inférieure se perlait de gouttelettes de salive ; il avait l'expression d'un glouton excité qui flairerait une friture de cervelle ou un bon plat de tripes, un goulasch. Il poursuivait.

« À la nuque, peu distant de la droite de la ligne médiane, un large trou de presque 3 centimètres, avec des bords déchirés sans infiltration de sang. Dans la région temporale droite, deux trous rapprochés, arrondis, aux bords finement lacérés, sans infiltration de sang. Dans la région temporale gauche, un large trou avec des bords déchirés et affleurement de substance cérébrale en bouillie. Un large orifice de sortie à la conque de l'auricule

gauche : ces deux dernières lésions aussi ont l'aspect typique de lésions post-mortem. À la racine du nez, petit trou déchiré avec des fragments d'os comminutifs saillants et infiltrations modérées de sang. À la joue droite un groupe de trois trous suivis d'une voie directe en profondeur vers l'arrière, avec légère obliquité vers l'arrière, avec légère obliquité vers le haut, avec des bords en entonnoir, vers l'intérieur, sans infiltration de sang. Fracture comminutive du maxillaire supérieur avec larges lacérations des parties molles et squelettiques de la voûte du palais ayant le caractère de déchirures post-mortem. Je saute encore parce qu'il s'agit de relevés sur la position des blessures, et peu nous importe comment et où ils l'ont frappé, il nous suffit de savoir qu'ils lui ont tiré dessus. *La boîte crânienne est comminutivement fracturée avec délimitation de nombreux fragments mobiles déplacés par lesquels on accède directement à la cavité endocrânienne. Épaisseur normale de la calotte osseuse. La pachyméninge apparaît amollie avec larges lacérations dans la moitié antérieure : aucune trace d'épanchement hémorragique épi- ou sous-dural. Le déplacement de l'encéphale ne peut se faire en totalité parce que cervelet, pont, mésencéphale et une partie inférieure des lobes cérébraux apparaissent en bouillie, par ailleurs sans trace d'infiltration hémorragique...* »

Il répétait chaque fois le mot *bouillie*, dont le professeur Cattabeni abusait – à coup sûr impressionné par ce cadavre écrabouillé –, et il le répétait avec une sorte de volupté, parfois en faisant entendre l'écho prolongé du « ie » final. Il me rappelait le Dario Fo du *Mystère bouffe*, quand il joue le paysan qui imagine se rassasier d'une nourriture dont il rêve.

« Poursuivons. *Seuls sont entiers la plupart des convexités hémisphériques, le corps calleux et une partie du tronc cérébral : les artères de la base encéphalique ne sont qu'en partie repérables parmi les fragments mobiles de fracture comminutive de l'intérieur de la base du crâne et encore en partie reliées à la masse encéphalique : les troncs, parmi lesquels les artères cérébrales antérieures, apparaissent comme des parois saines…* Et tu crois qu'un médecin qui, par ailleurs, était convaincu d'avoir sous les yeux le corps du Duce, était en mesure de comprendre à qui appartenait cet amas de chairs et d'os écrabouillés ? Et comment pouvait-il travailler avec sérénité dans une méga-salle où (on l'a écrit) entrait et sortait n'importe qui, journalistes, partisans et curieux impénitents ? Des gens ont évoqué des viscères abandonnés sur un coin de la table, et deux infirmiers qui jouaient au ping-pong avec ces abats, en se lançant des morceaux de foie ou de poumon. »

Alors qu'il parlait, Braggadocio ressemblait à un chat qui aurait bondi, furtif, sur l'étal d'un boucher – s'il avait eu des moustaches, elles auraient été hérissées et vibratiles…

« Et si tu continues à lire, tu verras que, dans l'estomac, on n'a pas trouvé la moindre trace d'ulcère, or nous savons tous que Mussolini en souffrait, et on ne parle pas non plus de syphilis, alors qu'on l'en disait atteint à un stade avancé. Remarque que Georg Zachariae, le médecin allemand qui avait soigné le Duce à Salò, témoignerait peu après que son patient avait une tension basse, de l'anémie, un foie enflé, des crampes à l'estomac, des intestins engourdis et une constipation aiguë. Par contre, d'après l'autopsie, tout allait bien : le foie avait un volume et un aspect réguliers, aussi bien en surface qu'en coupe, les voies biliaires étaient saines, les reins et glandes surrénales indemnes, les voies urinaires et génitales normales. Note finale : *L'encéphale, après ablation dans les parties résiduelles, a été fixé dans une solution formolée en vue d'un examen anatomique et histopathologique, un fragment de cortex a été cédé, à la demande du Bureau de la santé du commandement de la Ve Armée (Calvin S. Drayer), au Dr Winfred H. Overholser de l'hôpital psychiatrique de Saint-Elizabeth à Washington.* Allô. Terminé. À toi. »

Il lisait, et il savourait chaque ligne comme s'il était devant le cadavre, comme s'il le touchait, comme s'il était au troquet Moriggi avec un pied de porc choucroute ; il bavait sur cette région orbitaire au globe oculaire amolli et déchiré avec épanchement complet de l'humeur vitrée, comme s'il dégustait pont, mésencéphale et partie

153

inférieure des lobes cérébraux, comme s'il jubilait pour cet affleurement de substance cérébrale presque liquéfiée.

J'étais dégoûté mais, je ne peux le nier, fasciné, par lui et par le corps martyrisé sur lequel il exultait, de même que, dans les romans du XIXᵉ siècle, on était hypnotisé par le regard du serpent. Pour mettre fin à son exaltation, j'ai commenté : « C'est l'autopsie de Dieu sait qui.

— Exact. Tu vois que mon hypothèse était juste : le corps de Mussolini n'était pas à Mussolini, et dans tous les cas, personne ne pouvait jurer que c'était le sien. Maintenant, je peux être sûr de ce qui s'est passé entre le 25 et le 30 avril. »

Ce soir-là, j'ai vraiment ressenti le besoin de me purifier aux côtés de Maia. Et, pour éloigner son image de celle de la rédaction, j'ai décidé de lui raconter la vérité, en un mot, que *Domani* ne sortirait jamais.

« C'est mieux comme ça, a dit Maia, au moins, je ne pleurnicherai plus sur mon avenir. Tenons quelques mois, gagnons un peu de ce fric maudit aussi vite que possible, et puis direction les mers du Sud. »

XIII

Fin mai

Ma vie avançait désormais sur deux voies. Le jour, la vie humiliante de la rédaction ; la nuit, le petit appartement de Maia, parfois le mien. Les samedis et les dimanches, à Orta. Les soirs, nous compensions tous les deux les journées passées avec Simei. Maia avait renoncé à faire des propositions vouées à l'échec, et elle m'en réservait l'exclusivité, par amusement ou par consolation.

Un soir, elle m'avait montré un petit journal d'annonces matrimoniales. « Écoute un peu ces merveilles, m'a-t-elle dit, j'aimerais les publier avec leur interprétation.

— Ce qui veut dire ?

— Écoute : *Bonjour, je m'appelle Samantha, j'ai 29 ans, diplômée, femme au foyer, je suis séparée, sans enfants, je cherche un homme gentil mais surtout sociable et enjoué.* Interprétation : Je vais sur les trente ans et, après que mon mari m'a larguée, avec mon diplôme de comptable obtenu à grand-peine, je n'ai pas trouvé de travail, et maintenant je reste chez moi toute la journée à me tourner les pouces (je n'ai même pas de gamins pour m'occuper) ; je cherche un homme, même s'il n'est pas beau, pourvu qu'il ne me cogne pas comme ce connard que j'avais épousé. Ou bien : *Carolina, 33 ans, célibataire, diplômes universitaires, entrepreneure, très raffinée, brune, élancée, sûre d'elle et sincère, passionnée de sport, cinéma, théâtre, voyages, lecture, danse, ouverte à d'éventuels intérêts nouveaux, rencontrerait un homme doté de charme et de personnalité, cultivé et bien positionné, profession libérale, fonctionnaire ou militaire, max. 60 ans, en vue mariage.* Interprétation : À trente-trois ans, je n'ai pas encore trouvé un corniaud, sans doute parce que je suis maigre comme un clou et que je n'arrive pas à me changer en blonde mais j'essaie de ne pas y penser ; j'ai ramé pour avoir ma licence en lettres, mais j'ai toujours raté mes concours, c'est pour ça que j'ai arrangé un micro-atelier où je fais travailler au noir trois Albanais et où nous produisons des chaussettes pour les marchés ambulants de province ; je ne sais pas trop ce qui me plaît, je regarde un peu la télé, je vais au cinéma ou au théâtre de la paroisse avec une amie, j'aimerais danser mais personne ne m'y emmène, et si seulement je trouve une loque de mari, je suis prête à me passionner pour n'importe quelle autre chose, pourvu qu'il ait un peu de fric et qu'il me permette d'en finir avec les chaussettes et les Albanais ; je le prends même âgé, si possible de profession libérale, mais j'accepte aussi un employé du cadastre ou un maréchal des carabiniers. Autre exemple : *Patrizia, 42 ans, célibataire, commerçante, brune, élancée, douce et sensible, désire rencontrer un homme loyal, bon et sincère, peu importe son état civil, si motivé.* Interprétation : Sapristi, à quarante-deux ans (et ne me dites pas que si je m'appelle Patrizia, je devrais en avoir presque cinquante comme toutes les Patrizia) je n'ai pas réussi à me faire épouser et je me débrouille avec la mercerie que m'a laissée ma pauvre mère, je suis un peu anorexique et fondamentalement névrosée ; y a-t-il un homme qui couche, peu m'importe s'il est marié pourvu qu'il soit viril ? Ou encore : *Je garde espoir qu'il existe une femme capable d'aimer vraiment, je suis célibataire, employé de banque, 29 ans, je crois être pas mal, j'ai un caractère vif, je cherche une fille belle sérieuse cultivée qui sache m'entraîner dans une splendide histoire d'amour.* Interprétation : Je n'arrive jamais à conclure avec les filles, les rares que j'ai trouvées étaient nulles et voulaient seulement trouver un mari, comme si, avec mon salaire de misère, je pouvais les entretenir ; et puis on dit que j'ai un caractère vif parce que je vous envoie vous faire foutre ; alors, n'étant pas repoussant, y a-t-il une grande perche qui au moins ne dise pas "viens-y", et qui soit d'accord pour quelques bonnes baises sans trop de prétentions ? J'ai aussi trouvé une annonce non matrimoniale fabuleuse : *Association théâtrale cherche acteurs, comparses, maquilleuse,*

metteur en scène, couturière pour la prochaine saison.
Le public, au moins, c'est eux qui le fournissent ? »

Vraiment Maia, à *Domani*, c'était du gâchis :
« Tu ne voudrais tout de même pas que Simei
publie des trucs pareils ? Les annonces, peut-être,
mais pas tes interprétations !

— Je sais, je sais, mais on peut rêver. »

Puis, avant de s'endormir, elle m'a dit : « Toi
qui sais tout, tu sais pourquoi en Italie on dit :
"perdre la Trébizonde", pour perdre le nord, et
"partir en cymbales", pour être pompette ?

— Non, je ne sais pas, ce sont des questions
qu'on pose à minuit ?

— Moi, je le sais, ou plutôt je l'ai lu l'autre jour.
Il existe deux explications : la première c'est que,
comme Trébizonde était le plus grand port sur la
mer Noire, pour les marchands, perdre la route de
Trébizonde signifiait perdre l'argent investi dans le
voyage. La seconde, qui semble plus crédible, c'est
que Trébizonde constituait un point de référence
visuel pour les navires, si on le perdait, on perdait
l'orientation, ou la boussole, ou le nord. Quant à
partir en cymbales, qu'on utilise communément
pour quelqu'un en état d'ivresse, le dictionnaire
étymologique nous dit qu'à l'origine, cela signifiait
être immodérément joyeux, l'Arétin l'utilise déjà,
ça vient du Psaume 150, *in cimbalis bene sonantibus.*

— Sur quelle nana suis-je tombé ? Avec cette
curiosité-là, comment as-tu pu te contenter pendant des années de traiter les amours des people ?

— Pour le fric, maudit fric. C'est le lot des ratés. » Elle s'est serrée plus près de moi : « Mais maintenant, je suis moins ratée qu'avant parce que je t'ai gagné au loto. »

Qu'est-ce qu'on peut dire à une foldingue pareille, sinon se remettre à faire l'amour ? Et ce faisant, je me sentais presque un gagnant.

Le soir du 23, nous n'avions pas regardé la télé et nous n'avions appris que le lendemain, par les journaux, l'attentat contre Falcone. Nous avons été épouvantés et, le lendemain matin, à la rédaction, les autres étaient plutôt troublés.

Costanza avait demandé à Simei si nous ne devrions pas faire un numéro sur l'affaire. « Réfléchissons un peu, avait dit, hésitant, Simei. Si on parle de la mort de Falcone, on doit parler de mafia, déplorer l'insuffisance des forces de l'ordre, et des choses de ce genre. Dans la foulée, on se met à dos police, carabiniers et Cosa Nostra. Je ne sais pas si tout ça plairait au Commandeur. Quand nous ferons le vrai journal, si un magistrat est explosé dans les airs, il faudra certainement lui consacrer une colonne et, à chaud, nous pourrions échafauder des hypothèses qui, quelques jours plus tard, seraient démenties. Un risque qu'un vrai journal doit courir, mais pourquoi nous ? D'habitude, même pour un vrai journal, la solution la plus prudente est de donner dans le sentimental, d'aller interviewer les parents. Si vous y prêtez attention, c'est ce que font les télévisions quand elles vont sonner à la porte de la mère dont on a plongé le fils de dix ans dans l'acide : Madame, qu'avez-vous éprouvé à la mort de votre enfant ? Les yeux des gens s'humidifient, et tout le monde est satisfait. Il existe un joli mot allemand, *Schadenfreude*, la jouissance de l'infortune d'autrui. C'est ce sentiment qu'un journal doit respecter et alimenter. Mais pour l'heure, nous ne sommes pas obligés de nous occuper de ces misères, et laissons les indignations aux journaux de gauche dont c'est la spécialité. Après tout, ce n'est pas une nouvelle si bouleversante que ça. On a déjà tué des magistrats, et on en tuera d'autres. Les bonnes occasions ne manqueront pas. Pour l'instant, différons. »

Falcone éliminé une seconde fois, nous nous sommes consacrés à des questions plus sérieuses.

Plus tard, Braggadocio s'était approché de moi et m'avait donné un coup de coude : « Tu as vu ? Tu as compris que cet événement aussi confirme mon histoire.

— Mais bordel, de quoi tu parles ?

— J'en sais foutre rien, bordel, mais il y a sûrement un rapport. Tout est lié quand on sait lire dans le marc de café. Laisse-moi un peu de temps. »

XIV

Mercredi 27 mai

Un matin, au réveil, Maia avait dit : « Lui, je ne l'aime pas beaucoup. »

J'étais désormais préparé au jeu de ses synapses. « Tu parles de Braggadocio ?

— Bien sûr, de qui d'autre ? » Puis, songeuse : « Eh, comment as-tu fait pour le deviner ?

— Ma jolie, comme dirait Simei, nous n'avons que six connaissances en commun, j'ai pensé à celui qui avait été le plus discourtois avec toi, et je suis tombé sur Braggadocio.

— Mais, que sais-je, j'aurais pu penser au président de la République Cossiga.

— Eh bien non, tu pensais à Braggadocio. Pour une fois que je suis tes pensées, pourquoi veux-tu compliquer les choses ?

— Tu vois que tu commences à penser ce que je pense ? »

Malédiction, elle avait raison.

« Les pédés, avait dit ce matin-là Simei pendant la réunion quotidienne. C'est un sujet qui attire à tous les coups.

— On ne dit plus pédé, avait hasardé Maia. On dit gay. Non ?

— Je sais, je sais, ma jolie, avait réagi Simei un peu gêné, mais nos lecteurs disent encore pédés, ou du moins ils le pensent parce qu'ils répugnent à prononcer ce mot. Je sais aussi qu'on ne dit plus nègre mais noir, on ne dit plus aveugle mais malvoyant. Pourtant, un noir est toujours un noir et un malvoyant à la Saint-Prosper ne voit ni fumier ni terre, le pauvre. Je n'ai rien contre les pédés, ni contre les nègres, je fais avec pourvu qu'ils restent chez eux.

— Mais alors pourquoi un sujet sur les gays s'ils répugnent à nos lecteurs ?

— Je ne pense pas aux pédés en général, ma jolie, je suis pour la liberté, que chacun fasse ses petites affaires. Mais il y en a en politique, au Parlement et même au gouvernement. Les gens pensent que seuls les écrivains et les danseurs de ballet sont des pédés, et pourtant certains d'entre eux nous commandent à notre insu. C'est une mafia, ils s'aident entre eux. Et ça intéresse nos lecteurs. »

Maia n'avait pas lâché : « Mais les choses sont en train de changer, dans dix ans peut-être, un homo pourra dire qu'il est gay sans que ça fasse ni chaud ni froid à personne.

— Dans dix ans, qu'il advienne ce qui doit advenir, nous savons tous que les mœurs dégénèrent. Pour le moment, notre lecteur est sensible au sujet. Lucidi, vous qui avez tant de sources intéressantes, que savez-vous sur les pédés en politique – mais attention, pas de noms, on ne veut tout de même pas finir au tribunal, il s'agit d'agiter l'idée, le fantasme, de donner un frisson, un sentiment de malaise…

— Si vous voulez des noms, je pourrais vous en donner beaucoup. Si par contre il s'agit de donner, comme vous dites, un frisson, on pourrait parler d'une rumeur qui se répand à Rome au sujet d'une librairie où les homosexuels d'un certain rang se retrouvent, sans que personne le remarque parce que l'endroit est fréquenté par des gens tout à fait normaux, pour la plupart. Et pour certains, c'est aussi un lieu idéal où on peut récupérer un sachet de coke, tu prends un livre, tu le donnes à la caisse, le type te donne un sac, et y glisse le sachet. On sait pour… bon, untel qui a été ministre, qui est homo et qui sniffe. Tout le monde est au courant, ou plutôt les gens bien placés sont au courant, là le trou du cul prolo n'a pas sa place, et pas même le danseur qui se ferait remarquer en roulant des hanches.

— Excellent les rumeurs, avec quelques détails piquants, comme si ce n'était qu'un billet d'humeur, exotique. Mais il y a aussi une manière de suggérer des noms. Vous pouvez dire, par exemple, que l'endroit est tout à fait respectable parce qu'il est fréquenté par des personnages très comme il faut, et ici vous balancez sept ou huit noms d'écrivains, journalistes et sénateurs au-dessus de tout soupçon. Sauf que, parmi les noms, vous en glissez un ou deux qui sont bel et bien des pédés. On ne pourra pas dire que nous calomnions quelqu'un, parce que ces noms apparaissent précisément comme des exemples de personnes fiables. Mieux, ajoutez quelqu'un qui est connu comme queutard à temps plein et dont on sait même le prénom de la maîtresse. Et, mine de rien, nous avons fait parvenir un message subliminal, comprend qui veut, avec nos informations nous pourrions en écrire bien davantage. »

Maia était bouleversée, et cela se voyait, mais tous s'excitaient à l'idée et, connaissant Lucidi, ils s'attendaient à un beau papier toxique.

Maia est sortie avant les autres, me faisant un signe comme pour dire excuse-moi, ce soir je dois rester seule, je vais dormir avec un Stilnox. Ainsi ai-je été la proie de Braggadocio qui a continué à me raconter ses histoires tandis que nous nous promenions et, par hasard bien sûr, nous sommes arrivés via Bagnera, comme si l'épaisse obscurité du lieu cadrait avec la nature mortuaire de son récit.

« Écoute-moi bien, là je tombe sur une série d'événements qui pourraient contredire mon hypothèse, mais tu verras la suite. Donc Mussolini, réduit en abattis, est recousu tant bien que mal et enterré avec Claretta et compagnie au cimetière de Musocco, mais dans une tombe anonyme pour que personne ne puisse aller y faire des pèlerinages nostalgiques. Cela cadre avec ce que souhaitaient ceux qui ont facilité la fuite du vrai Mussolini : qu'on ne parle pas trop de sa mort. Bien sûr, on ne pouvait pas créer le mythe du Barberousse caché, qui fonctionnait très bien pour Hitler, dont on ignorait où était passé le cadavre et s'il était réellement mort. Cependant, en tenant pour acquis que Mussolini était mort (et la partisanerie continuait à célébrer piazzale Loreto comme un moment magique de la Libération), on devait se préparer à l'idée qu'un jour le défunt réapparaîtrait – comme avant plus qu'avant, *come prima più di prima*, disait la chanson. Et tu ne peux pas faire ressusciter de la bouillie rapiécée. Mais là, ce trouble-fête de Leccisi entre en scène.

— Je crois me souvenir : c'est celui qui a enlevé le cadavre du Duce, non ?

— Tout juste. Un blanc-bec de vingt-six ans, parmi les dernières munitions de Salò, tout idéal et tête vide. Il veut donner une sépulture reconnaissable à son idole, ou en tout cas promouvoir par un scandale le néofascisme renaissant ; il réunit une bande d'écervelés comme lui et, par une nuit du mois d'avril 1946, ils entrent dans le cimetière. Les rares gardiens en écrasent ferme, il paraît qu'il va droit à la sépulture, il est évident qu'il avait reçu les confidences de quelqu'un. Il déterre le corps encore plus en compote qu'au moment où il a été mis dans la caisse – un an avait passé, je te laisse imaginer ce qu'ils ont trouvé – et motus motus relax relax, ils l'emportent à la va comme je te pousse, en disséminant le long des allées du cimetière, ici un lambeau de matière organique décomposée, là carrément deux phalanges. Pour dire à quel point ils étaient bordéliques. »

J'avais l'impression que Braggadocio se serait délecté s'il avait pu participer à cette morbide translation : désormais, je pouvais m'attendre à tout de sa nécrophilie. Je l'avais laissé poursuivre.

« Coup de théâtre, gros titres dans les journaux, police et carabiniers qui se démènent à droite à gauche pendant cent jours sans trouver trace de la dépouille, et, avec la puanteur qu'ils dégageaient, ils auraient dû laisser une traînée odoriférante tout au long du trajet. Quoi qu'il en soit, peu de jours après le rapt, ils pincent un premier compère, un certain Rana, puis un à un les autres complices, jusqu'à ce que Leccisi lui-même soit pris fin juillet. On découvre alors que la dépouille avait été cachée un temps dans une maison de Rana, en Valteline, et puis au mois de mai, elle

avait été remise au père Zucca, le prieur francis-
cain du couvent Saint-Ange à Milan, qui avait
muré le cadavre dans la troisième nef de son église.
Le problème du père Zucca et de son collaborateur, le père Parini, est une histoire à part : certains les ont vus comme les aumôniers d'une Milan
de la haute société et des réactionnaires qui faisaient carrément du trafic de fausse monnaie et
de stupéfiants dans des milieux néofascistes ; certains, comme des frères au bon cœur qui ne pouvaient se soustraire au devoir de tout bon chrétien,
parce sepulto, mais là encore, l'affaire m'intéresse
peu. Ce qui m'intéresse, c'est que le gouvernement
s'empresse, avec l'approbation du cardinal Schuster, de faire enterrer le corps dans une chapelle
du couvent des capucins de Cerro Maggiore, et
qu'il le laisse là, de 1946 à 1957, onze ans, sans
que le secret s'ébruite. Tu comprends que ça,
c'est le point crucial de l'affaire. Cet imbécile de
Leccisi a failli remettre sous les projecteurs le
cadavre du sosie, pas de risque de le réexaminer
sérieusement mais, pour ceux qui tiraient les
ficelles de l'affaire Mussolini, il valait mieux se
taire, étouffer l'affaire, qu'on en parle le moins
possible. Tandis que Leccisi (après vingt et un
mois de prison) fait une brillante carrière parlementaire, voilà que le nouveau président du
Conseil, Adone Zoli, qui était entré au gouvernement en partie grâce aux voix des néofascistes,
autorise la restitution de la dépouille à la famille,

pour être mise en terre à Predappio, petite ville de sa naissance, dans une sorte de sanctuaire où, aujourd'hui encore, les vieux nostalgiques se rassemblent avec les nouveaux fanatiques, chemises noires et saluts romains. Moi, je crois que Zoli n'était pas au courant de l'existence du vrai Mussolini, et qu'il n'était donc pas dérangé par le culte du sosie. Ça s'est peut-être passé autrement, l'affaire du sosie n'était peut-être pas du tout entre les mains des néofascistes, mais entre d'autres mains, bien plus puissantes.

— Pardon, mais quel rôle joue la famille de Mussolini ? Soit ils ne savent pas que le Duce est vivant, ce qui me paraît impossible, soit ils acceptent de mettre chez eux un cadavre bidon.

— Tu sais, je n'ai pas encore bien compris la position de la famille. Je pense qu'ils savaient que leur mari et père était vivant quelque part. S'il se cachait au Vatican, il était difficile de ne pas le voir, un Mussolini au Vatican ne passe pas inaperçu. L'hypothèse de l'Argentine est plus crédible. Des indices ? Prends Vittorio Mussolini. Il échappe aux épurations, il est scénariste, propose des sujets pour des films et, pendant une longue période de l'après-guerre, il réside en Argentine. En Argentine, tu comprends ? Pour être près de son père ? On ne peut pas l'affirmer, mais pourquoi en Argentine ? Et il y a des photos de Romano Mussolini et d'autres personnes qui, à l'aéroport de Ciampino, saluent Vittorio en partance pour Buenos Aires. Pourquoi donner tant d'importance au voyage d'un frère qui, déjà avant la guerre, était allé aux États-Unis ? Et Romano ? Après la guerre, il devient un célèbre pianiste de jazz, donne des concerts à l'étranger, certes l'histoire ne retient pas les déplacements artistiques de Romano, mais ne serait-il pas passé, lui aussi, par l'Argentine ? Et l'épouse du Duce, dame Rachele ? Elle est en liberté, personne n'aura pu l'empêcher de faire un petit voyage ; pour ne pas attirer l'attention elle peut même se rendre à Paris ou à Genève et, de là, s'envoler à Buenos Aires. Qui sait ? Quand, entre Leccesi et Zoli, a lieu le merdier que nous connaissons et qu'on lui fourgue soudain ces restes de cadavre, elle ne peut pas dire que c'est celui d'un autre, elle fait contre mauvaise fortune bon cœur et elle le met chez elle, ça sert à entretenir le feu de la nostalgie du fascisme, en attendant le retour du vrai Duce. De toute façon, l'histoire de la famille ne m'intéresse pas, parce que c'est ici que commence la deuxième partie de mon enquête.

— Qu'est-ce qui se passe ?

— L'heure du dîner a sonné, et il manque encore quelques tesselles à ma mosaïque. On en reparlera un de ces jours. »

Je ne comprenais pas si Braggadocio était un génial conteur de feuilleton, qui dosait son roman à épisodes avec ce qu'il fallait de *suspense* à chaque « à suivre », ou si vraiment il reconstituait sa trame

169

morceau par morceau. En tout état de cause, ce n'était pas le moment d'insister parce que, entre-temps, tout ce va-et-vient des restes malodorants m'avait retourné l'estomac. Je suis rentré chez moi, et j'ai moi aussi avalé un Stilnox.

XV

Jeudi 28 mai

« Pour le 0\2, il faut penser à un article de fond
sur l'honnêteté, avait annoncé Simei ce matin-là.
On sait désormais que dans les partis il y avait
quelque chose de pourri, que tous faisaient main
basse sur les pots-de-vin, il faut faire comprendre
que, si nous le voulions, nous pourrions déclencher
une campagne contre les partis. On devrait réfléchir à un parti des honnêtes, un parti de citoyens
capables de parler d'une politique différente.

— Allons-y mollo, ai-je dit, ce n'était pas la
position de l'Homme Quelconque ?

— L'Homme Quelconque a été émasculé et
résorbé par une Démocratie chrétienne alors très
puissante et très rusée. En revanche, cette Démocratie chrétienne, aujourd'hui, branle dans le
manche et les temps héroïques sont révolus, c'est
une bande de couillons. Et puis, nos lecteurs ne
savent plus ce qu'était l'Homme Quelconque, ça
date de quarante ans en arrière, avait dit Simei,

et ils ne se souviennent même plus de ce qui s'est passé il y a dix ans. Dans un grand quotidien, je viens de voir deux photos sur une célébration de la Résistance, l'une d'un camion de partisans et l'autre d'une troupe d'hommes en uniforme fasciste de grossier tissu de laine noire qui font le salut romain et sont taxés de "squadristes" : les groupes de choc armés, voyons, c'étaient les années 1920, et ils ne circulaient pas en uniforme de laine noire ! Ceux qu'on voit sur la photo sont de la milice fasciste, entre 1930 et le début des années 40, et un témoin de mon âge les reconnaît aisément. Je ne prétends pas que, dans les rédactions, ne travaillent que les témoins de mon âge, mais je sais quand même distinguer l'uniforme des bersagliers de La Marmora et celui des troupes de Bava Beccaris, même si je suis né alors qu'ils étaient tous morts depuis longtemps. Si nos collègues ont la mémoire qui flanche, imaginez si nos lecteurs se rappellent l'Homme Quelconque. Mais revenons à notre idée : un nouveau parti des honnêtes peut inquiéter un tas de gens.

— *La ligue des honnêtes*, a dit Maia en souriant. C'était le titre d'un vieux roman de Giovanni Mosca, un bouquin d'avant-guerre, mais il serait encore amusant de le lire. On y parlait de cette union sacrée de gens comme il faut qui devaient s'infiltrer parmi les malhonnêtes pour les démasquer et tenter de les convertir à l'honnêteté. Mais afin d'être acceptés par les malhonnêtes, les membres de la ligue devaient se comporter de façon malhonnête. Je vous laisse imaginer la suite, la ligue des honnêtes est devenue peu à peu une ligue de malhonnêtes.

— Ça, c'est de la littérature, ma jolie, avait réagi Simei, et qui connaît ce Mosca aujourd'hui ? Vous lisez trop. Laissons tomber votre Mosca, mais si la chose vous répugne, vous n'aurez pas à vous en occuper, vous. Dottor Colonna, vous me prêterez main-forte pour faire un article de fond très solide. Et vertueux.

— C'est faisable, avais-je dit. L'appel à l'honnêteté se vend toujours fort bien. »

« La ligue des honnêtes », ricanait Braggadocio en observant Maia. Ces deux-là n'étaient vraiment pas faits pour s'entendre. Et cela me déplaisait de plus en plus que ce petit moineau-puits de science fût prisonnier dans la cage de Simei. Mais je ne voyais pas ce que je pouvais faire dans l'immédiat pour le libérer. Son problème devenait ma pensée dominante (peut-être était-ce aussi la sienne ?) et je perdais mon intérêt pour tout le reste.

À l'heure du déjeuner, en descendant au bar pour acheter un sandwich, je lui avais dit : « Tu veux que nous envoyions tout promener, que nous allions dénoncer ce galimatias et ce salaud de Simei et compagnie ?

— Et auprès de qui ? m'a-t-elle demandé. Primo, ne cours pas à ta ruine pour moi, secundo, à qui iras-tu raconter cette histoire quand les journaux, je le comprends peu à peu, sont tous du même acabit ? Ils se protègent à tour de rôle...

— Tu ne vas pas devenir comme Braggadocio, qui voit des complots partout. Bon, excuse-moi. Je parle comme ça parce que... » (je ne savais pas comment formuler la phrase), « parce que je crois que je t'aime.

— Tu sais que c'est la première fois que tu me le dis ?

— Idiote, nous n'avons pas les mêmes pensées, peut-être ? »

Mais c'était vrai. Il y avait au moins trente ans que je ne disais plus une chose de ce genre. C'était en mai, et trente ans après je sentais le printemps dans mes os.

Pourquoi ai-je pensé aux os ? C'est que précisément cet après-midi, je me souviens, Braggadocio m'avait donné rendez-vous au marché des fruits et légumes, le Verziere, devant l'église de Saint-Bernardin-aux-Os. C'était une ruelle au coin de la piazza Santo Stefano.

« Belle église, me disait Braggadocio tandis que nous entrions, elle existe depuis le Moyen Âge mais, entre les écroulements, les incendies et autres vicissitudes, elle n'a été reconstruite telle qu'on la voit qu'au XVIIe siècle, pour recueillir les ossements d'un ancien cimetière de lépreux qui n'était pas très loin d'ici. »

J'aurais pu le parier. Le cadavre de Mussolini éliminé, car il ne pourrait plus l'exhumer, Braggadocio cherchait d'autres inspirations mortuaires. Et de fait, par un couloir, nous avions pénétré dans l'ossuaire. Le lieu était désert, à part une petite vieille sur un banc au premier rang, qui priait, la tête entre les mains. Des têtes de mort étaient empilées dans de hautes niches, entre les pilastres, des boîtes d'os, des crânes disposés en forme de croix sertis dans une mosaïque de pierraille blanchâtre faite d'autres os, peut-être des fragments de colonnes vertébrales, des articulations, des clavicules, des sternums, des omoplates, des coccyx, des carpes et des métacarpes, des rotules, des tarses, des astragales, que sais-je ? Partout s'élevaient des édifices d'ossements qui attiraient l'œil vers le haut jusqu'à une voûte à la Tiepolo, lumineuse, gaie dans une poussière de nuages roses et crémeux entre lesquels flottaient des anges et des âmes triomphantes. Sur un entablement horizontal, au-dessus de la vieille porte barricadée, s'alignaient, tels des bocaux de porcelaine dans les armoires d'un pharmacien, des crânes aux orbites écarquillées. Dans les niches, au niveau du visiteur, protégés par une grille à larges mailles où on pouvait glisser les doigts, les os et les crânes étaient devenus brillants, patinés par le toucher pluriséculaire de mains dévotes ou nécrophiles, comme le pied de la statue de saint Pierre à Rome. À vue de nez, il y avait au moins un millier de têtes de mort, impossible de compter les os plus petits, sur les pilastres ressortaient des monogrammes du Christ fabriqués avec des tibias qui paraissaient soustraits aux *Jolly Roger* des pirates de la Tortue.

« Ce ne sont pas que les os des lépreux, me disait Braggadocio, comme s'il n'y avait rien de plus beau au monde. Certains squelettes proviennent d'autres sépultures alentour, en particulier de cadavres de condamnés, de patients morts à l'hôpital du Brolo, de décapités, de prisonniers morts dans leurs geôles, et même, probablement, de voleurs à la petite semaine ou de brigands qui venaient mourir dans l'église parce qu'ils n'avaient pas d'autre endroit où casser leur pipe – le Verziere était un quartier d'exécrable réputation... Ça me fait rigoler que cette petite vieille reste ici à prier comme si c'était le sépulcre d'un saint avec de très saintes reliques, alors qu'il s'agit des restes de malandrins, de bandits, d'âmes damnées. Pourtant, les vieux moines avaient été plus compatissants que les enterreurs et les déterreurs de Mussolini, regarde avec quel soin, avec quel amour de l'art – et même pourquoi pas avec quel cynisme – ils ont disposé cet ostentossement, comme s'il s'agissait de mosaïques byzantines. La petite vieille est séduite par ces images de mort, qu'elle prend pour des images de sainteté, je ne trouve plus où, mais sous cet autel on devrait voir le corps menu d'une fillette semi-momifié qui, dans la nuit des morts, dit-on, sort avec d'autres squelettes pour exécuter sa danse macabre. »

J'imaginais que la gamine avait conduit par la main ses petits copains ossus jusqu'à la via Bagnera, mais je n'avais fait aucun commentaire. Dans le genre ossuaires macabres, j'avais vu celui des Capucins, à Rome, et les terribles catacombes de Palerme, avec des capucins entiers, momifiés et vêtus de loqueteuse majesté, mais à l'évidence, Braggadocio se contentait de ses carcasses ambroisiennes.

« Il y aurait aussi le *putridarium*, on y descend par un petit escalier devant le grand autel, mais il faudrait trouver le sacristain, et de bonne humeur. Les moines laissaient les cadavres de leurs frères se corrompre et se liquéfier sur des sièges de pierre et, lentement, les corps se déshydrataient, les humeurs s'écoulaient, et voilà les mignons squelettes aussi propres que les dents qu'on voit dans les publicités pour le dentifrice Pasta del Capitano. Il y a quelques jours, je pensais que cet endroit aurait été idéal pour cacher le cadavre de Mussolini après l'enlèvement de Leccisi, mais hélas, je ne suis pas en train d'écrire un roman, je reconstruis des faits historiques, et l'histoire nous dit que les restes du Duce avaient été placés ailleurs. Dommage. Mais voilà pourquoi j'ai souvent visité, ces derniers temps, ce joli coin qui, pour une histoire de dernières dépouilles, m'a inspiré tant de belles pensées. Il y a des gens qui trouvent l'inspiration en regardant, que sais-je, les Dolomites ou le lac Majeur, et moi, c'est ce lieu qui m'inspire. J'aurais dû être gardien dans une morgue. Ce doit être en souvenir de mon grand-père mort d'une méchante mort, paix à son âme.

— Mais pourquoi m'as-tu emmené ici ?

— Comme ça, il faut bien que je raconte à quelqu'un tout ce qui bouillonne en moi, sinon je deviendrais fou. Être le seul à avoir saisi la vérité peut donner le tournis. Et ici, il n'y a jamais personne, sauf, parfois, quelques touristes étrangers qui ne comprennent que dalle. Car enfin, je suis arrivé à *stay-behind*.

— Steille quoi ?

— Souviens-toi, il me fallait décider de ce qu'on ferait du Duce, le vivant, pour ne pas le laisser moisir en Argentine ou au Vatican et se réduire comme son sosie. Qu'est-ce qu'on en fait ?

— Qu'est-ce qu'on en fait ?

— Les Alliés, ou ceux qui les représentaient, le voulaient vivant, afin de le sortir de leur manche au moment opportun pour contrer une révolution communiste ou une attaque soviétique. Au cours de la Deuxième Guerre mondiale, les Anglais avaient coordonné les actions de la Résistance dans les pays occupés par l'Axe, à travers un réseau dirigé par une branche des Services d'information

178

du Royaume-Uni, la Special Operations Executive, qui a été dissoute à la fin du conflit, pour être réactivée au début des années 1950, comme noyau d'une nouvelle organisation qui devait s'opposer, dans les différents pays européens, à une invasion de l'Armée Rouge ou aux communistes locaux qui tenteraient un coup d'État. La coordination était assurée par le Commandement suprême des forces alliées en Europe, et c'est ainsi que naît le *stay-behind* (« être derrière », « être en deçà des lignes »), en Belgique, Angleterre, France, Allemagne de l'Ouest, Hollande, Luxembourg, Danemark et Norvège. Une structure paramilitaire secrète. On en avait eu les prémices en Italie, dès 1949 ; en 1959, les services secrets italiens rejoignent un Comité de planification et de coordination ; et enfin, en 1964 naît officiellement l'organisation Gladio, financée par la CIA. Gladio : le nom devrait t'évoquer quelque chose parce que *il gladio*, le glaive, est une arme des légionnaires romains, et donc dire glaive, c'était comme dire le faisceau du licteur mussolinien ou quelque chose de ce genre. Un nom qui pouvait attirer les militaires à la retraite en mal d'aventure, et des nostalgiques du fascisme. La guerre était finie, mais tant de gens se berçaient encore des souvenirs de ces jours héroïques, assauts avec deux bombes et une fleur à la bouche, rafales de mitraillettes. C'étaient des ex de la république de Salò, ou bien des idéalistes sexagénaires et cathos, terrorisés à l'idée que les cosaques puissent abreuver leurs chevaux dans les bénitiers de Saint-Pierre, mais aussi des fanatiques de la monarchie disparue, on dit que même Edgardo Sogno s'y trouvait mêlé, et pourtant, il avait été un chef des brigades de partisans dans le Piémont, un héros, mais monarchiste jusqu'au bout des ongles et donc lié au culte d'un monde disparu. Les recrues étaient envoyées dans un camp d'entraînement en Sardaigne, où elles apprenaient (ou se rappelaient) comment miner les ponts, manier les mitrailleuses, prendre d'assaut, en pleine nuit, poignard entre les dents, des petits groupes d'ennemis, accomplir des actes de sabotage et de guérilla...

— Mais ce devaient être des colonels à la retraite, des maréchaux maladifs, des comptables rachitiques, je les vois mal grimper sur des pylônes et des poutrelles comme dans *Le Pont de la rivière Kwaï*.

— Oui, mais il y avait aussi des jeunes néofascistes animés par l'envie d'en découdre et des apolitiques hargneux en ordre dispersé.

— J'ai l'impression d'avoir lu quelque chose à ce sujet il y a deux ans.

— Bien sûr, Gladio est resté un des secrets les mieux gardés depuis la fin de la guerre, seuls les services de renseignements et les hauts commandements militaires avaient connaissance de l'affaire, sur laquelle n'étaient informés, au fur et à mesure, que les présidents du Conseil, les ministres de la

Défense et les présidents de la République. Ensuite, avec la chute de l'Empire soviétique, cette histoire a perdu toute raison d'être et sans doute coûtait-elle trop cher. Le président Cossiga, précisément lui, a laissé fuiter des révélations en 1990 ; la même année, Andreotti, alors président du Conseil, avait officiellement admis l'existence de Gladio, et inutile d'en faire une montagne, il était nécessaire qu'il existe, maintenant c'était de l'histoire ancienne, les racontars, ça suffit comme ça. Et personne n'en a fait un drame, tout le monde l'a presque oublié. Seules l'Italie, la Belgique et la Suisse avaient lancé des enquêtes parlementaires, mais George H.W. Bush s'était refusé à tout commentaire, vu qu'il était en pleins préparatifs pour la guerre du Golfe, et qu'il ne voulait pas mettre l'Alliance atlantique au banc des accusés. On a étouffé l'affaire dans tous les pays qui avaient adhéré au *stay-behind*, avec quelques incidents négligeables ; en France, on savait depuis longtemps que la tristement célèbre OAS avait été créée avec des membres du *stay-behind* français mais, après leur coup d'État raté à Alger, de Gaulle avait ramené la dissidence à l'ordre. En Allemagne, on savait que la bombe de l'Oktoberfest, en 1980, à Munich, avait été fabriquée avec des explosifs qui provenaient d'une planque du *stay-behind* allemand ; en Grèce, c'était l'armée *stay-behind*, la Force d'incursion hellène, qui était à l'origine du coup d'État des colonels ; au Portugal, une mystérieuse Aginter Press faisait assassiner Eduardo Mondlane, le chef du Frente de Libertação de Moçambique. En Espagne, un an après la mort de Franco, deux carlistes sont tués par des terroristes d'extrême droite, et l'année suivante le *stay-behind* perpètre un massacre à Madrid, dans un bureau juridique lié au Parti communiste ; en Suisse, il n'y a pas plus de deux ans, le colonel Aboth, ex-commandant du *stay-behind* local, déclare dans une lettre confidentielle au Département de la Défense qu'il s'apprête à révéler "toute la vérité", et on le retrouve chez lui, transpercé avec sa propre baïonnette. En Turquie, les Loups gris sont liés au *stay-behind*, ceux-là mêmes qui sont partie prenante dans l'attentat contre Jean-Paul II. Je pourrais continuer, je ne t'ai lu qu'une infime partie de mes notes, mais comme tu vois ce sont des petites choses, un homicide par-ci, un homicide par-là, des trucs qu'on lisait dans les faits divers, et chaque fois, ça finissait aux oubliettes. Les journaux ne sont pas faits pour diffuser mais pour couvrir les nouvelles. Le fait X se produit, on ne peut pas ne pas en parler, mais ça embarrasse trop de gens, alors dans ce même numéro, on met des gros titres à faire dresser les cheveux sur la tête, une mère égorge ses quatre enfants, notre épargne sera réduite en cendres, découverte d'une lettre d'insultes de Garibaldi à Nino Bixio, et ainsi de suite, la nouvelle se noie dans la grande mer de l'information. Cependant, ce qui m'intéresse, ce sont les agissements de Gladio dans l'Italie des années 1960 à 1990. Il a dû en faire voir de toutes les couleurs, il se sera trouvé empêtré dans des mouvements terroristes d'extrême droite, il a eu un rôle dans l'attentat de la piazza Fontana en 1969, et depuis lors – nous sommes à l'époque des révoltes soixante-huitardes et des chauds automnes ouvriers – on a compris qu'on pouvait encourager des attentats terroristes et en faire porter le chapeau aux partis de gauche. Et on dit que la malfamée loge P2 de Licio Gelli y avait aussi mis sa patte. Mais pourquoi donc une organisation supposée combattre les soviétiques ne se consacre-t-elle qu'aux actions terroristes ? C'est ainsi que j'ai redécouvert toute l'histoire du prince Junio Valerio Borghese. »

Braggadocio me rappela pas mal de choses qu'on avait lues dans les journaux, car dans les années 1960, on avait parlé en long et en large de coups d'État militaires, de « cliquetis de sabres », et je me souvenais même des rumeurs sur un coup d'État rêvé (même s'il n'a jamais été réalisé) par le général De Lorenzo. Mais Braggadocio était parti sur le putsch dit *des forestiers*. Une histoire assez grotesque, il me semblait qu'on en avait même tiré un film satirique. Junio Valerio Borghese, appelé aussi « le Prince noir », avait commandé la Decima MAS. Homme d'un certain courage, disait-on, fasciste jusqu'au bout des ongles, il avait évidemment adhéré à la République de Salò, et on n'avait jamais compris pourquoi, en 1945, alors qu'on fusillait en toute impunité, il s'en était sorti et avait conservé son aura de si pur combattant, béret rabattu au soleil couchant, mitraillette en bandoulière, pantalon de golf retroussé à la cheville typique de son unité, chandail ras du cou, même si, en le croisant dans la rue, dans sa tenue de comptable, personne ne lui aurait donné un kopeck.

Or Borghese, en 1970, avait jugé que c'était le moment de tenter un coup d'État. D'après Braggadocio, on tenait compte du fait que Mussolini, s'il fallait le faire rentrer de son exil, ne tarderait pas à avoir quatre-vingt-sept ans, et qu'on ne pouvait plus trop attendre car déjà, en 1945, il paraissait plutôt éprouvé.

« Parfois, disait Braggadocio, le sort de ce pauvre homme m'émeut. Imagine, bon, encore s'il était en Argentine où – même si son ulcère lui interdisait de manger les énormes steaks de làbas – il pouvait au moins regarder la pampa à perte de vue (quelle volupté, pendant vingt-cinq ans !). Mais c'était pire encore s'il était resté au Vatican : à la rigueur une promenade le soir dans un petit jardin et un bouillon servi par une religieuse à moustaches, et l'idée d'avoir perdu, avec l'Italie, sa maîtresse, et de ne pas pouvoir embrasser de nouveau ses enfants. Et peut-être qu'il commençait à perdre la tête, assis toute la journée dans un fauteuil à ruminer ses gloires passées, et voir sur un téléviseur noir et blanc ce qui arrivait dans le monde, tandis qu'avec l'esprit enténébré par l'âge mais excité par la syphilis, il revoyait ses triomphes au balcon du Palazzo Venezia de Rome, les étés où, torse nu, il battait le blé, bisouillait les enfants dont les mères en chaleur bavaient sur ses mains, ou les après-midi dans la salle de la Mappemonde quand son serviteur Navarra introduisait des dames frémissantes et lui, déboutonnant à peine la braguette de son pantalon d'équitation, les renversait sur le bureau et hop, il les inséminait en quelques secondes, et elles de lancer des brames de petites chiennes en amour murmurant oh mon Duce, mon Duce… Et comme il se souvenait, en salivant, le zizi désormais en berne, une voix lui martelait dans la tête l'idée de la résurrection prochaine – et il me vient à l'esprit cette blague sur Hitler, lui aussi exilé en Argentine, que les néonazis veulent convaincre de revenir sur la scène pour la reconquête du monde, lui rechigne et hésite un long moment, car l'âge compte aussi dans son cas, mais il se décide enfin et dit c'est entendu, mais cette fois-ci… *méchants*, hein ?

Bref, poursuivait Braggadocio, en 1970, tout laissait croire qu'un putsch pouvait marcher. À la tête des services secrets il y avait le général Miceli, il appartenait aussi à la loge P2, et quelques années plus tard il deviendrait député du Mouvement social italien. Soupçonné et mis en examen pour l'affaire Borghese, il s'en est finalement tiré et il

185

est mort, serein, il y a deux ans. Et j'ai su d'une source fiable que, deux ans après le putsch Borghese, Miceli avait reçu huit cent mille dollars supplémentaires de l'ambassade américaine, on n'en connaît ni la cause ni le but. Borghese pouvait donc compter sur d'excellents appuis au sommet de l'État, sur Gladio, sur les vétérans phalangistes de la guerre d'Espagne, sur les milieux francs-maçons, on a aussi dit que la mafia, qui, comme tu sais, n'en manque jamais une, était dans le coup. Et dans l'ombre, toujours le même Licio Gelli qui manipulait les carabiniers et les hauts commandements militaires pullulant déjà de francs-maçons. Écoute bien l'histoire de Licio Gelli parce qu'elle est fondamentale pour ma thèse. Gelli, il ne l'a jamais nié, a fait la guerre d'Espagne, il a été dans la République sociale et il a œuvré comme officier de liaison avec les SS ; mais, dans le même temps, il prenait contact avec les partisans, et après la guerre, il se lie à la CIA. Impossible qu'un personnage de cet acabit ne soit pas dans le même bain que Gladio. En juillet 1942, écoute bien ça, en tant qu'inspecteur du Parti national fasciste, on lui avait confié la mission de transporter en Italie le trésor du roi Pierre II de Yougoslavie, 60 tonnes de lingots d'or, 2 de monnaies antiques, 6 millions de dollars, 2 millions de livres sterling que le SIM (Service des informations militaires) avait réquisitionnées. En 1947, le trésor est enfin restitué, mais il manque à l'appel 20 tonnes de lingots. On dit que Gelli les aurait transférés en Argentine. L'Argentine, tu comprends ? Gelli entretenait d'amicales relations avec Perón, mais ça ne suffit pas, avec des généraux aussi, comme Videla, et c'est l'Argentine qui lui fournit un passeport diplomatique. Et qui est dans le bain, en Argentine ? Son bras droit, Umberto Ortolani qui, entre autres, fait la liaison entre Gelli et monseigneur Marcinkus. Et alors ? Et alors, tout nous ramène en Argentine, où se trouve le Duce et où se prépare son retour, et naturellement, il faut du fric et une bonne organisation, et des appuis locaux. Voilà pourquoi Gelli est essentiel dans le plan Borghese.

— Dit comme ça, c'est sûr, ça paraît convaincant...

— Ça l'est. Ce qui n'empêche pas que Borghese avait réuni une armée Brancaleone où des petits pépés nostalgiques (Borghese lui-même avait maintenant plus de soixante ans) côtoyaient des corps de l'État et même des détachements de gardes forestiers, ne me demande pas pourquoi les gardes forestiers, peut-être qu'avec le déboisement de l'après-guerre ils n'avaient rien de mieux à faire. Pourtant, ce ramassis aurait pu réaliser quelque chose de sinistre. D'après les minutes du procès qui s'ensuivit, il ressort que Licio Gelli devait s'occuper de l'enlèvement du président de la République, Saragat à l'époque, et un armateur de Civitavecchia avait mis à disposition ses bateaux marchands pour transporter dans les îles Lipari les personnes capturées par les putschistes. Et tu ne croiras jamais qui était impliqué dans l'opération ! Otto Skorzeny, celui qui avait libéré Mussolini sur le Gran Sasso, en 1943 ! Il était encore en liberté, un de plus que les épurations violentes de l'après-guerre avaient épargné, en rapport avec la CIA, et il aurait dû garantir que les États-Unis ne s'opposeraient pas au putsch, pourvu que vienne au pouvoir une junte militaire "centre-démocrate". Pense à l'hypocrisie de la formule. Mais ce que les enquêtes successives n'ont jamais mis en lumière, c'est que Skorzeny était de toute évidence resté en contact avec Mussolini, qui lui était très redevable, et sans doute aurait-il dû se charger du Duce à son retour d'exil pour fournir l'image héroïque dont les putschistes avaient besoin. En somme, tout le coup d'État reposait sur le retour triomphal de Mussolini. À présent, ouvre tes oreilles : le putsch avait été projeté avec soin dès 1969, l'année du massacre de la piazza Fontana, et il était à coup sûr déjà conçu pour faire retomber tous les soupçons sur la gauche et préparer psychologiquement l'opinion publique à un retour à l'ordre. Borghese prévoyait l'occupation du ministère de l'Intérieur, du ministère de la Défense, des sièges de la RAI, des moyens de télécommunication (radios et téléphones), et la déportation des opposants présents au Parlement. Je n'ai rien inventé : on a trouvé une déclaration que Borghese aurait dû lire à la radio, et qui disait à peu de chose près qu'était enfin arrivé le virage politique attendu, que la classe politique au pouvoir depuis vingt-cinq ans avait conduit l'Italie au bord de l'effondrement économique et moral, que les forces armées et les forces de l'ordre soutenaient la prise de pouvoir des putschistes. "Italiens, aurait dû conclure Borghese, en remettant entre vos mains le glorieux drapeau tricolore, nous vous invitons à crier notre impétueux hymne d'amour, vive l'Italie." Rhétorique mussolinienne typique. »

Entre le 7 et le 8 décembre (me rappelait Braggadocio), plusieurs centaines de conjurés avaient convergé sur Rome, on avait commencé à distribuer armes et munitions, deux généraux avaient pris position au ministère de la Défense, un groupe armé de forestiers s'était posté aux abords du siège de la RAI, à Milan on préparait l'occupation de Sesto San Giovanni, la traditionnelle place forte des communistes.

« Et, à l'improviste, que se passe-t-il ? Alors que tout semble se dérouler comme prévu, et qu'on pouvait dire que les conspirateurs tenaient Rome, Borghese annonce que l'opération est suspendue. On dira plus tard que des appareils fidèles de l'État s'opposaient à la conjuration, mais dans ce cas, on aurait pu arrêter Borghese la veille, sans attendre que Rome grouille de bûcherons en uniforme. Quoi qu'il en soit, l'affaire est liquidée presque en catimini, les putschistes se dispersent sans incidents, Borghese se réfugie en Espagne, et seuls quelques imbéciles se font arrêter, mais on leur concède des "détentions" dans des cliniques privées, et certains reçoivent pendant leur hospitalisation la visite de Miceli, qui leur promet protection en échange de leur silence. Se mettent en place quelques enquêtes parlementaires dont la presse parle très peu, et l'opinion publique est vaguement mise au courant, trois mois plus tard seulement. Je ne veux pas savoir ce qui s'est passé, ce qui m'intéresse c'est pourquoi un putsch préparé avec tant de soin a été annulé en l'espace de quelques heures, transformant une entreprise fort sérieuse en une farce. Pourquoi ?

— C'est à toi que je le demande.

— On dirait que je suis le seul qui s'est posé la question, et à coup sûr je suis le seul à avoir trouvé la réponse, qui est claire comme de l'eau de roche. Cette nuit-là, ils apprennent que Mussolini, sans doute déjà sur le territoire national et prêt à faire son apparition, *était mort* à l'improviste – ce qui, à son âge, et ballotté comme un sac de courrier, n'a rien d'invraisemblable. Le putsch avorte parce que son symbole charismatique a disparu, et cette fois-ci pour de bon, vingt-cinq ans après sa mort présumée. »

Les yeux de Braggadocio brillaient, ils semblaient éclairer la théorie de crânes qui nous entourait, ses mains tremblaient, ses lèvres se recouvraient de salive blanchâtre, il m'avait saisi par les épaules : « Tu comprends, Colonna, voilà ma reconstitution des faits !

— Si je me souviens bien, il y avait même eu un procès...

— Une plaisanterie, avec Andreotti qui contribuait à tout étouffer, et n'ont fini en prison que des comparses. Tout ce que nous avons appris était faux, ou déformé, nous avons vécu dans la duperie pendant les vingt années suivantes. Je t'ai bien dit qu'il ne faut jamais croire ce qu'on nous raconte...

— Et ici se termine ton histoire...

— Eh non, c'est le début d'une autre, et je pourrais ne pas m'y intéresser si ce qui est arrivé après n'avait pas été la conséquence directe de la disparition de Mussolini. En l'absence de la figure du Duce, nul Gladio ne pouvait plus espérer conquérir le pouvoir, et la menace d'une invasion soviétique s'éloignait car on prenait peu à peu le chemin de la détente. Pourtant, Gladio n'est pas dissous, il devient vraiment opérationnel dès la mort de Mussolini.

— Et comment ?

— Puisqu'il ne s'agit plus d'installer un nouveau pouvoir en renversant le gouvernement, Gladio s'unit aux forces occultes qui tentent de déstabiliser l'Italie pour contrer l'ascension des gauches et préparer le terrain, avec la bénédiction de la loi, pour de nouvelles formes de répression. Tu te rends compte qu'avant le putsch Borghese, il y avait eu très peu d'attentats de l'ampleur de la piazza Fontana et c'est seulement cette année-là que les Brigades rouges se forment et, aussitôt, au cours des années suivantes, les attentats s'enchaînent ? 1973, bombe à la préfecture de police de Milan ; 1974, massacre place de la Loggia à Brescia ; la même année, une bombe de grande puissance explose dans le train *Italicus* Rome-Munich, 12 morts et 48 blessés mais, attention, Aldo Moro, à l'époque ministre des Affaires étrangères, aurait dû se trouver à bord, sauf qu'il avait raté le train parce que des fonctionnaires de son ministère l'avaient fait descendre au dernier moment pour signer des papiers urgents. Et dix ans après, une autre bombe explose dans le train rapide Naples-Milan. Sans parler de l'affaire Moro, mars-mai 1978, aujourd'hui encore nous ne savons pas ce qui s'est réellement passé. Ce n'est pas tout, en septembre 1978, un mois après son élection, le nouveau pape, Albino Luciani, meurt dans des circonstances mystérieuses. Infarctus ou ictus, ont-ils dit, mais pourquoi a-t-on fait disparaître de la chambre du pape ses objets personnels, ses lunettes, ses pantoufles, des notes de sa main et le flacon d'Effortil que le vieux devait prendre pour sa tension trop basse ? Pourquoi ces objets devaient-ils s'évanouir dans la nature ? Peut-être parce qu'il n'était pas vraisemblable qu'un hypotendu soit victime d'un coup de sang ? Pourquoi la première personne importante à pénétrer sitôt après dans la chambre a-t-elle été le cardinal Villot ? Tu me diras que c'était normal, c'était le secrétaire d'État, mais le livre d'un certain Yallop révèle différents faits : le pape se serait intéressé à l'existence d'une camarilla ecclésiastico-francmaçonne dont auraient fait partie justement Villot, mais aussi monseigneur Agostino Casaroli, le vicedirecteur de l'*Osservatore Romano*, le directeur de Radio Vatican et naturellement Marcinkus, l'omniprésent monseigneur qui faisait la pluie et le beau temps à la IOR, la banque du Vatican qui, comme on l'a par la suite découvert, facilitait les évasions fiscales et le recyclage d'argent sale, et couvrait d'autres trafics obscurs de personnages tels que Roberto Calvi et Michele Sindona – lesquels, comme par hasard, dans les années suivantes, finiront, le premier pendu aux Black Friars de Londres, le second empoisonné en prison. Et sur le bureau de Luciani, on avait trouvé un exemplaire de l'hebdo *Il Mondo*, ouvert à la page d'une enquête concernant les opérations de la banque du Vatican. Yallop soupçonne six personnes de l'homicide : Villot, le cardinal de Chicago John Cody, Marcinkus, Sindona, Calvi et Licio Gelli, l'éternel vénérable maître de la loge P2. Tu me diras que tout ça devrait être sans rapport avec Gladio mais, comme par hasard, bon nombre de ces personnages avaient trempé dans d'autres affaires, et le Vatican avait été mêlé au sauvetage et à la protection de Mussolini. Peut-être Luciani l'avait-il découvert, même si des années s'étaient écoulées depuis la mort réelle du Duce, et voulait-il faire le ménage et balayer cette clique mafieuse qui préparait un coup d'État dès la fin de la Deuxième Guerre mondiale ? J'ajouterai même que, Luciani mort, l'affaire a dû finir entre les mains de Jean-Paul II qui, trois ans plus tard, était victime d'un attentat fomenté par les Loups gris turcs, ces Loups gris qui, comme je te l'ai dit, étaient affiliés au *stay-behind*… Le pape accorde son pardon ; l'auteur de l'attentat, ému, expie sa faute en prison, mais en somme le souverain pontife a peur et ne s'occupe plus de cette affaire, et puis l'Italie lui importe peu, et il paraît plus soucieux de lutter contre les sectes protestantes dans le tiers-monde. Comme ça, on le laisse tranquille. Tu trouves qu'il y a assez de coïncidences ?

— Mais tu ne crois pas que c'est ta tendance à voir des complots partout et à tout mettre dans le même sac ?

— Moi ? Mais ce sont des procès verbaux émis par la justice, et il suffit de se donner la peine de les chercher dans les archives, sauf que pour le grand public, on les a camouflés entre une nouvelle et une autre. Prends l'affaire de Peteano. En mai 1972, près de Gorizia, on avertit les carabiniers qu'une FIAT 500 est abandonnée sur une route avec deux impacts de balle dans le pare-brise.

Trois carabiniers arrivent, ils essaient d'ouvrir le coffre et ils sont tués par une explosion. Pendant quelque temps, on pense à une action des Brigades rouges, mais des années après, un certain Vincenzo Vinciguerra fait son apparition. Voici le type, écoute un peu : dans une autre sombre affaire, il avait échappé à l'arrestation en se réfugiant en Espagne auprès du réseau anti-communiste international, l'Aginter Press. Là, grâce à ses contacts avec un autre terroriste de droite, Stefano Delle Chiaie, il adhère à Avanguardia Nazionale, puis il se volatilise au Chili et en Argentine, mais en 1978, il décide, trop aimable, que sa lutte contre l'État était dénuée de sens et il se livre aux autorités italiennes. Remarque, il ne s'était pas repenti, il continuait à penser que son action était légitime jusqu'à sa reddition. Alors pourquoi se rend-il ? Eh bien, par besoin de publicité : il y a des assassins qui reviennent sur le lieu de leur crime, les serial killers envoient des indices à la police parce qu'ils désirent être arrêtés sinon ils ne font pas la une des journaux, et ce Vinciguerra, à partir de ce moment-là, commence à vomir aveux sur aveux. Il revendique l'attentat de Peteano et met dans le pétrin les appareils d'État qui, dit-il, l'avaient protégé. Ce n'est qu'en 1984 qu'un juge, Casson, découvre que l'explosif utilisé à Peteano provenait d'un dépôt d'armes de Gladio, et la chose la plus intrigante, c'est que l'existence de ce dépôt lui avait été révélée – devine, je te le donne en mille – par Andreotti, qui était donc au courant et n'avait jamais ouvert la bouche. Un expert qui travaillait pour la police italienne (et membre de Ordine Nuovo) aurait produit un rapport selon lequel les explosifs employés étaient identiques à ceux qu'utilisaient les Brigades rouges, mais Casson avait démontré que l'explosif était du C-4, en dotation aux forces de l'OTAN. Bref, un bel embrouillamini mais, comme tu vois, OTAN ou brigadistes, Gladio était toujours de la partie. Sauf que les enquêtes démontrent qu'Ordine Nuovo avait collaboré avec le Service secret militaire italien, le SID, et tu comprends que, si un service secret militaire fait sauter trois carabiniers, ce n'est pas par haine de l'uniforme mais pour faire retomber la faute sur des militants d'extrême gauche. Je vais te la faire courte : entre enquêtes et contre-enquêtes, Vinciguerra a été condamné à perpète, et de sa prison, il continue à faire des révélations sur la stratégie de la tension. Il parle du carnage de Bologne (tu vois qu'entre une tuerie et l'autre, des liens existent, et que ce n'est pas le fruit de mon imagination) et il affirme que l'attentat de la piazza Fontana, en 1969, avait pour but de pousser le président du Conseil d'alors, Mariano Rumor, à déclarer l'état d'urgence. Il ajoutait par ailleurs, je te le lis : "On ne peut pas être en cavale sans argent. On ne peut pas être en cavale sans appuis. Je pouvais choisir le chemin qu'ont suivi les autres, trouver d'autres appuis, pourquoi pas en Argentine auprès des services secrets. Je pouvais aussi choisir le chemin de la pègre. Mais je ne suis porté ni à jouer les indics des services secrets ni à jouer les voyous. Donc, pour retrouver ma liberté, je n'avais qu'une solution. Qui était de me constituer prisonnier. Et c'est ce que j'ai fait." C'est de toute évidence la logique d'un fou exhibitionniste, mais d'un fou qui a des informations fiables. Et voilà mon affaire pratiquement reconstituée : l'ombre de Mussolini, donné pour mort, domine tous les événements italiens de 1945 à, dirais-je, aujourd'hui, et sa mort réelle déchaîne la période la plus terrible de l'histoire de ce pays, impliquant *stay-behind*, CIA, OTAN, Gladio, la loge P2, la mafia, les services de renseignements, les hauts commandements militaires, des ministres tel Andreotti, et des présidents tel Cossiga, et bien sûr, une bonne partie des organisations terroristes d'extrême gauche, infiltrées et manipulées comme il se doit. Sans compter que Moro a été enlevé et assassiné parce qu'il savait certaines choses et qu'il aurait parlé. Et si tu veux y ajouter des affaires criminelles mineures qui, apparemment, n'avaient aucune importance politique…

— Oui, la bête féroce de la via San Gregorio, la saponificatrice de Coreggio, le monstre de la via Salaria…

— Ne sois pas sarcastique, peut-être pas ces premiers cas de l'après-guerre, non, mais pour tout le reste, il est plus économique, comme on dit, de voir une histoire unique dominée par une seule figure virtuelle qui paraissait régler la circulation depuis le haut balcon du Palazzo Venezia, même si personne ne la voyait. Les squelettes », et il pointait du doigt les hôtes silencieux autour de nous, « peuvent toujours sortir la nuit et mettre en scène leur danse macabre. Il y a plus de choses au ciel et sur la terre et cetera et cetera, tu le sais. Mais il est sûr que, une fois disparue la menace soviétique, Gladio a été officiellement mis au placard, et aussi bien Cossiga qu'Andreotti en ont parlé pour en exorciser le fantôme, pour présenter ce réseau comme une chose normale, advenue avec le consentement des autorités, d'une communauté composée de patriotes, comme le carbonarisme d'antan. Mais est-ce vraiment terminé ou certains groupes tenaces continuent-ils à travailler dans l'ombre ? Je crois qu'on en verra encore de belles. »

Il avait regardé autour de lui, l'air courroucé : « Mieux vaut sortir, à présent, je n'aime pas ce groupe de Japonais qui arrive. Les espions orientaux sont partout, désormais la Chine est entrée dans le jeu, et puis ils comprennent toutes les langues. »

Tandis que nous sortions, et que je recommençais à respirer l'air à pleins poumons, je lui avais demandé : « Mais tu as tout bien vérifié ?

— J'ai parlé avec des personnes au courant de tellement de choses, et j'ai demandé conseil à notre collègue Lucidi. Tu ne le sais peut-être pas, mais il est lié aux services.

— Je sais, je sais. Mais tu lui fais confiance ?

— Ce sont des gens habitués à se taire, t'inquiète. J'ai encore besoin de quelques jours pour rassembler d'autres preuves irréfutables, irréfutables je te dis, et puis je vais aller voir Simei et lui présenter les données de mon enquête. Douze épisodes pour douze numéros zéro. »

Ce soir-là, pour oublier les os de Saint-Bernardin, j'avais emmené Maia au restaurant pour un dîner aux chandelles. Je ne lui avais pas parlé de Gladio, j'avais évité les plats où il était nécessaire de désosser quelque chose, et je sortais lentement de mon cauchemar de l'après-midi.

XVI

Samedi 6 juin

Braggadocio avait ensuite pris quelques jours pour mettre au point ses révélations et, le jeudi, il était resté enfermé dans le bureau de Simei toute la matinée. Il en était ressorti vers onze heures, avec Simei qui lui recommandait : « Vérifiez bien cette donnée, je vous prie, je ne veux prendre aucun risque.

— Soyez sans crainte, lui répondait Braggadocio, qui rayonnait de bonne humeur et d'optimisme. Je vois ce soir une personne de confiance, pour une dernière vérification. »

Quant au reste, la rédaction était occupée à caler les pages de routine du premier numéro zéro : le sport, les anagrammes fléchées, quelques lettres de démentis, les horoscopes et les annonces nécrologiques.

« Mais on aura beau continuer à en inventer, était intervenu Costanza, je crois qu'on n'arrivera pas à remplir vingt-quatre pages. Il faut d'autres informations.

— D'accord, avait dit Simei. Colonna, donnez un coup de main vous aussi, s'il vous plaît.

— Les nouvelles, il n'est pas nécessaire de les inventer, avais-je observé, il suffit de les recycler.

— Comment ?

— Les gens ont la mémoire courte. Procédant par paradoxe, tout le monde devrait savoir que Jules César a été assassiné aux Ides de mars, mais les idées sont confuses. On cherche un livre anglais récent où on revisite l'histoire de César, il suffit donc d'un titre à sensation : *Retentissante découverte des historiens de Cambridge. César a vraiment été assassiné aux Ides de mars.* On raconte tout, et on a un bon papier bien savoureux. J'exagère avec l'histoire de César, d'accord, mais si on parle de l'affaire du Pio Albergo Trivulzio, on peut en tirer un papier sur les analogies avec l'histoire de la Banca Romana. C'est une affaire de la fin du XIXᵉ siècle, qui n'a rien à voir avec les scandales actuels, mais un scandale en appelle un autre, il suffit de faire allusion à certaines rumeurs et on met en scène l'histoire de la Banca Romana comme si elle datait d'hier. Je crois que Lucidi saurait en tirer quelque chose de bon.

— Excellent, a dit Simei. Vous avez une info, Cambria ?

— En provenance d'une agence, une autre Madone s'est mise à pleurer dans un village du Sud.

— Magnifique, faites un article à sensation !

— Quelque chose sur la répétitivité des superstitions…

— Pas du tout ! Nous ne sommes pas le bulletin de l'association des athées et des rationalistes. Les gens veulent des miracles, pas du scepticisme de radicaux branchés. Relater un miracle, ça ne veut pas dire se compromettre et que le journal y croit. On raconte les faits, ou on dit que quelqu'un y a assisté. Et puis si les Vierges pleurent réellement, ce ne sont pas nos oignons. Les conclusions, c'est au lecteur de les tirer, et s'il est croyant, il y croira. Titre sur plusieurs colonnes. »

Ils se sont tous mis, avec frénésie, au travail. Je suis passé à côté de la table de Maia, concentrée sur les annonces nécrologiques, et je lui ai glissé : « Et n'oublie pas la famille inconsolable…

— Ni l'ami Philibert, ému, qui s'associe à l'adorable Mathilde et aux très chers Mario et Serena, m'a-t-elle répondu.

— Mathilde ? plutôt Gessica avec un *g* ou Samanta sans *h*. » Je lui ai adressé un sourire d'encouragement, et c'est parti.

J'ai passé la soirée chez Maia en parvenant, comme ça arrivait parfois, à transformer en alcôve ce réduit envahi par des tours branlantes de livres posés les uns sur les autres.

Entre les piles, il y avait beaucoup de disques, tous des classiques en vinyle, héritage des grands-parents. Parfois, nous restions de longs moments allongés à les écouter. Ce soir-là, Maia avait mis la Septième de Beethoven et, les yeux humides, elle me racontait que, depuis son adolescence, elle ne pouvait s'empêcher de pleurer au deuxième mouvement. « Ça a commencé quand j'avais seize ans : j'étais sans le sou et, grâce à un type qui me connaissait, j'avais pu me glisser gratis au poulailler, et comme je n'avais pas de place, je me suis nichée sur les escaliers, et j'ai fini par presque m'allonger. Le bois était dur, mais je ne m'en apercevais pas. Au deuxième mouvement, j'ai pensé que j'aurais voulu mourir comme ça, et je me suis mise à pleurer. J'étais un peu folle. Mais, même si je suis devenue sage, je continue à pleurer. »

Je n'avais jamais pleuré en écoutant de la musique, mais j'étais ému que cela lui arrive. Après quelques minutes de silence, Maia a ajouté : « Lui, au contraire, c'était un lourdingue. » Lui qui ? Schumann, bien sûr, où avais-je la tête ? Son autisme, comme d'habitude.

« Schumann, un lourdingue ?

— Mais oui, tant d'effusion romantique, pas étonnant vu l'époque, mais un peu prise de tête. Et à se torturer les méninges, il est devenu fou. Je comprends que sa femme soit ensuite tombée amoureuse de Brahms. Autre trempe, autre musique, et bon vivant. Mais attention, je ne dis pas que Robert était au fond si mauvais que ça, je comprends qu'il avait du talent, il n'était pas de ces grands fanfarons.

204

— Comme ?

— Mais ce tapageur de Liszt ou ce flonflonnard de Rachmaninov, eux, oui, ils faisaient de la mauvaise musique, que des trucs à effet, pour faire du fric, concert pour gogos en *do* majeur, des machins de ce genre. Si tu cherches, tu ne trouveras pas leurs disques dans cette pile. Je les ai jetés. Que des bras soustraits à l'agriculture.

— Mais qui est meilleur que Liszt, pour toi ?

— Satie, non ?

— Satie te fait pleurer, hein ?

— Bien sûr que non, il n'aurait pas voulu, je ne pleure que sur le deuxième mouvement de la Septième. » Puis, après une pause : « Depuis l'adolescence, je pleure aussi sur des morceaux de Chopin. Certainement pas sur les concertos.

— Pourquoi pas sur les concertos ?

— Parce que si tu lui enlevais son piano et que tu le remplaçais par un orchestre, il s'y retrouverait plus. Il faisait du pianisme pour cordes, cuivres et timbales. Et puis, tu as vu ce film avec Cornel Wilde où une goutte du sang de Chopin giclait sur le clavier ? En dirigeant un orchestre, qu'est-ce qu'il aurait fait, il aurait fait gicler du sang sur le premier violon ? »

Maia n'en finissait pas de me surprendre, quand je croyais bien la connaître. Avec elle, j'aurais donc appris même la musique. Du moins, à sa façon.

Ça a été le dernier soir heureux. Hier, je me suis réveillé tard et je ne suis arrivé à la rédaction qu'en fin de matinée. À peine entré, j'ai vu des hommes en uniforme qui fouillaient dans les tiroirs de Braggadocio, et un type en civil qui interrogeait ceux qui étaient là. Simei était sur le seuil de son bureau, le teint terreux.

Cambria s'est approché de moi en me parlant à voix basse, comme s'il devait me communiquer un secret : « On a assassiné Braggadocio.

— Quoi ? Braggadocio ? Comment ?

— Un gardien de nuit. Il rentrait chez lui à bicyclette quand il a vu un cadavre étendu sur le ventre, une blessure dans le dos. Il était six heures du matin, il a eu du mal à trouver un bar ouvert pour téléphoner à l'hôpital et à la police. Un coup de couteau, a aussitôt établi le médecin légiste, un seul, mais donné avec force. Ils n'ont pas laissé le couteau planté dedans.

— Mais où ?

— Dans une ruelle, du côté de la via Torino, comment elle s'appelle… via Bagnara ou Bagnera, je crois. »

Le type en civil s'est approché de moi, rapides présentations, c'était un inspecteur de la Sûreté nationale. Il m'a demandé quand j'avais vu Braggadocio pour la dernière fois. « Ici, au bureau, hier, ai-je répondu. Comme tous mes collègues, je crois. Et puis il me semble qu'il est parti seul, un peu avant les autres. »

Il m'a demandé, comme j'imagine à tous les autres, comment j'avais passé la soirée. J'ai répondu que j'avais dîné avec une amie et qu'ensuite j'étais allé me coucher. Bien entendu, je n'avais pas d'alibi mais, apparemment, personne n'en avait, et l'inspecteur ne semblait pas y accorder trop d'importance. Pure question de routine, comme on dit en français dans les téléfilms policiers.

Il voulait plutôt savoir si je croyais que Braggadocio avait des ennemis, si en tant que journaliste il était sur une piste dangereuse. Même en rêve, pas question de tout lui raconter, non par omertà, mais si quelqu'un avait supprimé Braggadocio, ce pouvait être à cause de son enquête, et j'ai tout de suite eu l'impression que si j'avouais être un tant soit peu au courant, je risquais d'être éliminé moi aussi. Surtout ne rien dire à la police, Braggadocio n'avait-il pas insisté là-dessus ? Dans ses histoires, ils étaient peut-être tous impliqués, jusqu'aux gardes forestiers. Et si, hier encore, je pensais que c'était un mythomane, sa mort lui conférait à présent une certaine crédibilité.

Je transpirais, mais l'inspecteur ne s'en était pas aperçu, ou il a mis ça sur le compte de l'émotion du moment.

« Je ne sais pas, lui ai-je dit, ce que faisait exactement Braggadocio ces jours-ci, sans doute le dottor Simei pourra-t-il vous renseigner, c'est lui qui attribue les articles. Si ma mémoire est bonne, il me semble qu'il s'occupait d'une enquête sur la prostitution, cette piste peut-elle vous être utile ?

— On verra », a dit l'inspecteur, et il est passé à l'interrogatoire de Maia, qui pleurait. Elle n'aimait pas Braggadocio, me disais-je, mais un mort assassiné est un mort assassiné, pauvre chérie. J'éprouvais de la pitié, non pas pour lui mais pour elle qui, à coup sûr, se sentait coupable d'avoir médit de lui.

À cet instant, Simei m'a fait signe d'entrer dans son bureau. « Colonna, m'a-t-il dit en s'asseyant à sa table, les mains tremblantes, vous savez sur quoi était Braggadocio.

— Je sais sans savoir, il avait fait allusion à quelque chose mais je ne suis pas certain…

— Ne faites pas l'autruche, Colonna, vous avez parfaitement compris que Braggadocio a été poignardé parce qu'il avait des révélations à faire. Je ne sais toujours pas démêler le vrai du faux, mais il est certain que, si pour son enquête il avait tiré sur cent ficelles, au moins l'une d'elles était la bonne, et on l'a fait taire. Mais hier, il m'a raconté à moi aussi ses histoires, moi aussi je suis au courant, même si je ne sais pas de quoi. Et il m'a dit qu'il s'était confié à vous, donc vous aussi vous savez, et nous sommes tous les deux en danger. Et pour couronner le tout, il y a deux heures, le Commandeur Vimercate a reçu un coup de fil. Il ne m'a pas dit de qui, ni ce qu'on lui avait raconté, mais Vimercate a jugé que toute l'entreprise *Domani* était devenue dangereuse pour lui aussi et il a décidé d'y mettre un terme. Il m'a déjà envoyé les enveloppes pour les remettre aux rédacteurs, ils vont recevoir un chèque avec deux mois de salaire, accompagné d'un petit mot aimable pour leur signifier leur licenciement. Ils n'avaient pas signé de contrat, et ils ne peuvent pas protester. Vimercate ne savait pas que vous aussi étiez en danger, mais je crois qu'il ne serait pas prudent que vous alliez vous promener pour toucher votre chèque. Je le déchire, j'ai des fonds de caisse et je vous ai préparé une enveloppe avec les deux mois en liquide. D'ici demain, ces bureaux seront démantelés. Quant à nous deux, oublions notre pacte, votre mission, le livre que vous auriez dû écrire. *Domani* est mort : aujourd'hui. Cependant, même si le journal ferme, vous et moi continuons à en savoir trop.

— Je crois que Braggadocio en avait aussi parlé avec Lucidi…

— Vous n'avez donc vraiment rien compris. C'est ça qui a fait son malheur. Lucidi a flairé que notre défunt ami avait une bombe entre les mains et il en a aussitôt référé… à qui ? Je ne sais pas, mais certainement à quelqu'un qui a décidé que Braggadocio en savait trop. Personne ne touchera à Lucidi, il est du bon côté de la barrière. Mais pour nous deux, ce n'est pas le cas. Je vais vous dire ce que je compte faire. Dès que la police sera partie, je vide dans mon sac le reste de la caisse, je file à la gare et je saute dans le premier train pour Lugano. Sans bagage. Là-bas, je connais un type qui peut changer l'état civil de n'importe qui, nouveau nom, nouveau passeport, nouvelle résidence, nous verrons bien. Je disparais avant que les assassins de Braggadocio puissent me trouver. J'espère les prendre de vitesse. Et j'ai demandé à Vimercate de verser mes indemnités de licenciement en dollars sur le Crédit Suisse. Quant à vous, je ne sais quoi vous conseiller, mais avant tout, restez enfermé chez vous et n'allez pas vous balader dans les rues. Ensuite, trouvez le moyen de disparaître quelque part, à votre place, je choisirais un pays de l'Est, où il n'y a jamais eu de *stay-behind*.

— Mais vous croyez que tout ça, c'est à cause du *stay-behind* ? C'est de notoriété publique. L'affaire Mussolini ? C'est une histoire grotesque, personne n'y croirait.

— Et le Vatican ? Même si l'histoire n'était pas vraie, que l'Église n'a pas protégé la fuite du Duce en 1945, et qu'elle ne lui a pas donné refuge pendant presque cinquante ans, elle finira dans les journaux. Ajouté à tous les ennuis qu'ils ont avec Sindona, Calvi, Marcinkus et compagnie, avant qu'ils aient pu démontrer que l'affaire Mussolini est de l'intox, le scandale aura éclaté dans toute la presse internationale. Ne vous fiez à personne,

Colonna, bouclez-vous à votre domicile au moins cette nuit, et songez à disparaître de la circulation. Vous avez de quoi vivre pendant quelques mois, et si vous allez, par exemple, en Roumanie, la vie ne coûte rien, et avec les douze millions de lires que vous avez dans cette enveloppe, vous vivrez en prince un bon bout de temps, ensuite vous verrez bien. Au revoir Colonna, je regrette que les choses se soient terminées de la sorte, c'est comme la blague de notre Maia sur le cow-boy d'Abilene : dommage, nous avons perdu. Laissez-moi préparer mon sac, que je file dès que ces policiers seront partis. »

Je voulais m'éclipser tout de suite, mais ce satané inspecteur a continué à nous interroger, sans succès, jusqu'à la nuit tombée.

Je suis passé à côté du bureau de Lucidi, qui ouvrait son enveloppe. « Votre rétribution correspond-elle à votre dû ? » lui ai-je demandé. Il a certainement compris à quoi je faisais allusion.

Il m'a regardé par en dessous en me demandant : « Mais Braggadocio s'est-il confié à vous ?

— Je sais qu'il suivait une piste, mais il n'a jamais voulu me dire laquelle.

— Vraiment ? Pauvre diable, Dieu sait ce qu'il a pu fabriquer. » Puis il s'est tourné de l'autre côté.

Dès que l'inspecteur m'a autorisé à m'en aller avec l'habituel « tenez-vous à notre disposition », j'ai murmuré à Maia : « Rentre chez toi et attends de mes nouvelles, mais pas avant demain matin. »

Elle m'a regardé, terrorisée : « Mais toi, en quoi ça te concerne ?

— En rien, je ne suis pas concerné, allons, juste choqué, c'est normal.

— Et qu'est-ce qui se passe ? On m'a remis une enveloppe avec un chèque et mille remerciements pour ma précieuse collaboration.

— Le journal ferme, je t'expliquerai plus tard.

— Pourquoi pas maintenant ?

— Demain, je te jure que je te dis tout demain. Reste tranquille chez toi. Je t'en supplie, écoute-moi. »

Elle m'a écouté, les yeux interrogateurs et mouillés de larmes. Et moi, je suis parti sans rien dire d'autre.

J'ai passé la soirée chez moi, sans rien manger, j'ai vidé une demi-bouteille de whisky, en réfléchissant à ce que je pourrais faire. Ensuite, épuisé, j'ai pris un Stilnox et je me suis endormi.

Et ce matin, l'eau ne coulait plus au robinet.

XVII

Samedi 6 juin 1992, midi

Voilà. À présent, j'ai tout reconstitué. Je cherche à rassembler mes idées. Qui sont-ils ? Simei l'a dit, Braggadocio avait réuni, à tort ou à raison, une quantité de faits. Lequel pouvait inquiéter quelqu'un ? L'affaire Mussolini ? Et en ce cas, qui avait la conscience sur le gril, le Vatican, des complices du putsch Borghese qui occupaient encore des positions au sommet de l'État (mais, après plus de vingt ans, ils auraient dû être tous morts), les services (lesquels) ? Ou bien non, il ne s'agissait que d'un vieux pervers qui vivait de peurs et de nostalgies et avait tout organisé tout seul, peut-être même en s'amusant à menacer jusqu'à Vimercate, comme s'il avait derrière lui, que sais-je, la Sacra Corona Unita. Un fou donc, mais si un fou te cherche pour te refroidir, il est aussi dangereux qu'un sage, et même davantage. Par exemple, que ce soit « eux », que ce soit le fou isolé, quelqu'un est bien entré chez moi cette nuit. Et s'il est entré une fois, il pourrait entrer une seconde fois. Donc, rester ici, il n'en était plus

213

question. Mais au fond, ce fou ou ces « eux » sont-ils sûrs que je sais quelque chose ? Braggadocio a-t-il parlé de moi à Lucidi ? Pas vraiment, à en juger par mon dernier échange avec l'espion. Puis-je pour autant m'estimer en sécurité ? Certainement pas. De là à fuir en Roumanie, il y a de la marge, sans doute vaudrait-il mieux attendre la suite des événements, et voir ce que racontent les journaux de demain. Si par hasard ils ne mentionnent pas l'homicide de Braggadocio, alors les choses sont pires que je ne le pensais, cela voudrait dire que quelqu'un cherche à tout passer sous silence. Mais il est certain que je dois me cacher au moins un temps. Où donc, vu qu'il serait dangereux de seulement mettre le nez dehors ?

J'ai pensé à Maia et au refuge d'Orta. Mon histoire avec Maia est passée, je crois, inaperçue, et elle ne devrait pas être sous surveillance. Elle non, mais mon téléphone, si ; par conséquent je ne peux pas lui télé-phoner de chez moi, et pour téléphoner de l'extérieur, je dois sortir.

Je me suis souvenu que, de ma cour, on entre, en passant par les toilettes, dans le bar qui fait l'angle. Et je me suis aussi souvenu qu'au fond de la cour, il y a une porte en fer close depuis des dizaines d'années. C'est mon propriétaire qui m'avait raconté l'histoire en me remettant les clefs de l'appartement. Avec celle de la porte cochère et celle de ma porte d'entrée, il y en avait une autre, vieille et rouillée : « Elle ne vous servira jamais, avait dit le proprio en souriant, mais depuis cinquante ans, j'en donne une à chaque locataire.

214

Voyez-vous, pendant la guerre, ici, nous n'avions pas d'abri antiaérien, et il en existait un assez grand dans l'immeuble d'en face, celui qui donne sur la via Quarto dei Mille, parallèle à la nôtre. À l'époque, on avait ouvert un passage au fond de la cour pour que les familles puissent, en cas d'alerte, vite rejoindre l'abri. La porte demeurait fermée, d'un côté comme de l'autre, mais chacun de nos locataires avait une clef qui, vous le voyez, en presque cinquante ans, a rouillé. Je ne crois pas qu'elle vous servira un jour, mais cette porte reste une bonne issue pour fuir en cas d'incendie. Si vous voulez, vous la mettez dans un tiroir, et vous l'oubliez. »

Voilà ce que je devais faire. Je suis descendu au rez-de-chaussée, je suis entré dans le bar par-derrière, le patron me connaît et je l'avais déjà fait. J'ai regardé autour de moi : le matin, il n'y avait presque personne, un couple de petits vieux assis à une table avec deux cappuccini et deux croissants, ils n'avaient pas l'air d'agents secrets. J'ai commandé un double espresso, il fallait bien que je me réveille, et je suis entré dans la cabine téléphonique.

Maia m'a tout de suite répondu, très agitée, et je lui ai dit de se taire et de m'écouter.

« Ouvre tes oreilles et ne pose pas de question. Fourre des affaires dans un sac pour rester quelques jours à Orta, ensuite tu prends ta voiture. Derrière chez moi, via Quarto dei Mille, je ne connais pas le numéro, il doit y avoir une porte d'entrée, plus ou moins à la hauteur de mon immeuble. Il se peut qu'elle soit ouverte car je crois qu'elle donne sur une cour où se trouve un magasin de je ne sais quoi. Tu pourrais entrer, ou m'attendre dehors. Règle ta montre sur la mienne, tu devrais mettre environ un quart d'heure, disons que nous nous retrouvons là exactement dans une heure. Si la porte est fermée, je serai dehors, mais sois à l'heure parce que je ne veux pas poireauter dans la rue. Je t'en prie, ne me demande rien. Prends ton sac, monte en voiture, calcule bien les temps et viens. Et puis je te raconterai tout. Tu ne devrais pas être suivie, mais par sécurité regarde dans le rétroviseur et, s'il te semble que quelqu'un te suit, fais fonctionner ton imagination, fais des détours absurdes, sème-les, c'est difficile tant que tu es sur les Navigli, mais après, tu as mille façons de tourner à l'improviste, quitte à griller un feu quand il passe au rouge pour forcer les autres à s'arrêter. J'ai confiance en toi, mon amour. »

Maia aurait pu se reconvertir dans les hold-up à main armée parce qu'elle avait manœuvré à la perfection : à l'heure convenue, elle avait déjà passé la porte d'entrée, tendue mais satisfaite.

J'ai sauté dans la voiture, je lui ai dit où tourner, afin d'arriver au plus vite à l'avenue Certosa, de là, elle savait toute seule comment prendre l'autoroute pour Novara et elle connaissait mieux que moi la bretelle pour Orta.

Je n'ai presque pas soufflé mot pendant tout le voyage. Une fois arrivés, je lui ai expliqué que si je la mettais au courant, elle courrait des risques. Ne préférait-elle pas me faire confiance et rester dans l'ignorance ? Pas question, il ne fallait même pas y penser : « Pardon, a-t-elle répliqué, je ne sais pas encore de qui ou de quoi tu as peur mais, ou personne ne sait que nous sommes ensemble et alors je ne cours aucun risque, ou ils nous ont repérés et ils seront convaincus que je suis au courant. Crache le morceau, sinon comment je vais faire pour penser ce que tu penses ? »

Intrépide. J'ai dû tout lui raconter, au fond elle était désormais chair de ma chair, comme le veut le Livre.

XVIII

Jeudi 11 juin

Ces derniers jours, je m'étais barricadé dans la maison, et j'avais peur de sortir. « Allons allons, me disait Maia, ici, personne ne te connaît, qui que soient ceux que tu crains, ils ne savent pas que tu es ici…

— Peu importe, répondais-je, on ne sait jamais. »

Maia a commencé à prendre soin de moi comme d'un malade, elle m'a donné des anxiolytiques, elle me caressait la nuque quand j'étais assis à la fenêtre, regardant le lac.

Le dimanche matin, elle était sortie tôt acheter les journaux. L'homicide de Braggadocio était mentionné dans la rubrique des faits divers, sans plus : assassinat d'un journaliste, il enquêtait sans doute sur les circuits de la prostitution et il avait été puni par un proxénète.

Il semblait qu'ils avaient retenu cette hypothèse, quelques mots que j'avais dits, et peut-être une indication de Simei. Ils ne se souciaient plus de nous, les rédacteurs, et ne s'étaient pas même rendu compte que Simei et moi avions disparu. D'ailleurs, s'ils étaient revenus dans les bureaux, ils les avaient trouvés vides, et l'inspecteur n'avait pas noté nos adresses. Beau tempérament de Maigret. La piste de la prostitution était plus commode, la routine. Naturellement, Costanza aurait pu dire que c'était lui qui s'occupait de ces dames, mais il est probable qu'il s'était convaincu, lui aussi, que la mort de Braggadocio avait à voir avec ce réseau, et il avait commencé à craindre aussi pour sa vie. Et restait donc muet comme une carpe.

Le lendemain, Braggadocio n'apparaissait plus dans les faits divers. Des cas de ce genre, la police devait en avoir trop, et le mort n'était qu'un chroniqueur de quatrième ordre. *Round up the usual suspects*, et on n'en parle plus.

Moi, au crépuscule, je regardais, le visage sombre, le lac qui s'assombrissait. L'île Saint-Jules, si radieuse sous le soleil, surgissait des eaux comme l'île des morts de Böcklin.

Maia a décidé de me secouer les puces et de m'emmener faire une promenade sur le mont Sacré. Je n'y étais jamais allé. C'est une série de chapelles juchées sur une colline, et s'y ouvrent de mystiques dioramas de statues polychromes grandeur nature, d'anges riants, mais surtout de scènes de la vie de saint François. Hélas, dans une mère qui embrassait un enfant dolent, je voyais les victimes de quelque lointain attentat ; dans une réunion solennelle avec un pape, différents cardinaux et de sombres capucins, je devinais un concile de la banque vaticane qui programmait ma capture ; et toutes ces couleurs ne suffisaient pas, ni les autres pieuses terres cuites, pour me faire penser au Royaume des Cieux : tout paraissait allégorie, perfidement masquée, de forces infernales qui tramaient dans l'ombre. J'allais jusqu'à imaginer que la nuit, ces figures se squelettisaient (qu'est-ce, après tout, que le corps rose d'un ange sinon un tégument illusoire qui cache un squelette, fût-il céleste ?) et participaient à la danse macabre de Saint-Bernardin-aux-Os.

Je ne croyais pas être aussi peureux, et j'avais honte que Maia me voie dans cet état (voilà, me disais-je, à présent elle aussi va me planter là), mais l'image de Braggadocio à plat ventre dans la via Bagnera était toujours devant mes yeux.

J'espérais par moments que, à travers une soudaine fissure de l'espace-temps (comme disait Vonnegut, un *infundibulum chronosynclastic*), dans la via Bagnera, à la faveur de la nuit, se soit matérialisé Boggia, le tueur centenaire, et qu'il se soit débarrassé de cet intrus. Mais ça n'expliquait pas le coup de fil à Vimercate, et c'était l'argument que j'utilisais avec Maia quand elle me suggérait qu'il s'agissait sans doute d'un crime de quatre sous : on comprenait au premier regard que Braggadocio était un vrai porc, paix à son âme, il avait peut-être entrepris d'exploiter une de ces femmes, et voilà que le maquereau en titre se vengeait, pas de problème, du genre *de minimis non curat praetor*. « Oui, répétais-je, mais un maquereau ne téléphone pas à un éditeur pour faire fermer un journal !

— Mais qui te dit que Vimercate a vraiment reçu ce coup de fil ? Peut-être s'était-il repenti d'avoir créé cette entreprise qui lui coûtait cher et, dès qu'il a appris la mort d'un des rédacteurs, il a saisi ce prétexte pour supprimer *Domani* en nous payant deux mois de salaire au lieu d'un an... Ou alors : tu m'avais raconté qu'il voulait utiliser *Domani* afin que quelqu'un lui dise "arrête ça" et "je t'admets parmi les nôtres". Eh bien, suppose qu'un mec comme Lucidi ait fait parvenir en haut lieu que *Domani* était sur le point de publier une enquête embarrassante, que Vimercate a bien reçu un appel lui disant : "D'accord, oublie ce journal infâme et tu es admis au club." Et puis Braggadocio est tué, en dehors de tout ça, peut-être bien par le fou de service, et tu as éliminé le problème du coup de fil à Vimercate.

— Mais je n'ai pas éliminé le fou. En fin de compte, qui s'est introduit de nuit chez moi ?

— Ça, c'est une histoire que tu m'as racontée. Comment peux-tu être sûr que quelqu'un est entré ?

— Et alors, qui a fermé l'eau ?

— Réfléchis une seconde. Tu n'as pas une femme de ménage ?

— Une seule fois par semaine.

— Eh bien, elle est venue quand, la dernière fois ?

— Elle vient toujours le vendredi après-midi. Justement le jour où nous avons su pour Braggadocio.

— Donc ? Elle aurait pu fermer l'eau, elle-même dérangée par la douche qui gouttait ?

— Mais ce soir-là, j'ai pris un verre d'eau pour avaler mon somnifère…

— Tu as dû prendre un demi-verre d'eau, ce qui te suffisait. Même quand on coupe l'eau, il en reste toujours un peu dans le tuyau, et tu ne t'es pas rendu compte que c'était la dernière goutte qui sortait de ton robinet. Tu avais bu de l'eau avant dans la soirée ?

— Non, je n'ai même pas dîné, je n'ai fait que siffler une demi-bouteille de whisky.

— Tu vois ? Je ne dis pas que tu es paranoïaque mais, entre l'assassinat de Braggadocio et ce que t'avait dit Simei, tu as aussitôt pensé que quelqu'un s'était introduit chez toi pendant la nuit. Pas du tout, c'est la femme de ménage, dans l'après-midi.

— Mais Braggadocio, on l'a quand même assassiné !

— Ça pourrait être lié à une autre affaire dans laquelle tu n'as rien à voir. »

Nous avons passé les quatre derniers jours à ruminer, à bâtir et à écarter des hypothèses, moi toujours plus sombre, Maia toujours serviable, infatigable, allant et venant entre la maison et le bourg pour me procurer des provisions fraîches et des bouteilles de malt ; j'en avais déjà vidé trois. Nous avons fait deux fois l'amour, mais je l'ai fait avec rage, comme si je voulais me vider, sans réussir à éprouver du plaisir. Et pourtant, je sentais que j'aimais de plus en plus cette créature humaine qui, de petit moineau à protéger, s'était métamorphosée en louve fidèle, prête à mordre qui me voudrait du mal.

Les journées filèrent ainsi, jusqu'au fameux soir où nous avons allumé la télé et sommes tombés, presque par hasard, sur une émission de Corrado Augias qui présentait une production anglaise diffusée la veille par la BBC, *Operation Gladio*.

Nous avons regardé, fascinés, sans souffler mot.

On aurait dit un film mis en scène par Braggadocio : il y avait tout ce qu'il avait échafaudé, et un peu plus, mais les mots étaient illustrés par des images et autres documents, et ils étaient même commentés par des personnages célèbres. On partait des méfaits du *stay-behind* belge, on découvrait que l'existence de Gladio était connue des seuls présidents du Conseil auxquels la CIA se fiait (par exemple, on avait laissé Moro et Fanfani dans l'ignorance), en plein écran s'inscrivaient les déclarations de grands espions comme « La mystification est un état d'esprit, et c'est l'esprit d'un État ». Tout au long du reportage (deux heures et demie) apparaissait Vinciguerra, qui révélait tout, et même que, bien avant la fin de la guerre, les services alliés avaient fait signer à Borghese et aux hommes de sa Decima MAS une promesse de collaboration future pour s'opposer à une invasion soviétique. Et les différents témoins affirmaient tous avec candeur qu'il était normal que, pour une opération telle que Gladio, on ne puisse enrôler que des ex-fascistes – et d'autre part on voyait comment, en Allemagne, les services secrets américains avaient garanti l'impunité, même à un bourreau comme Klaus Barbie.

Licio Gelli apparaissait à plusieurs reprises blanc comme neige en se déclarant collaborateur des services secrets alliés, mais qualifié de bon fasciste par Vinciguerra, et Gelli de parler de ses entreprises, de ses contacts, de ses sources, sans se soucier de savoir que l'on comprenait qu'il avait joué toujours double jeu.

Cossiga racontait comment, en 1948, jeune militant catholique, on lui avait fourni Sten et grenades pour qu'il soit prêt à agir au cas où le Parti communiste n'accepterait pas le verdict des urnes. Vinciguerra réapparaissait pour confirmer avec sérénité que l'extrême droite s'était consacrée à une stratégie de la tension pour préparer psychologiquement la population à la déclaration de l'état d'urgence, mais il clarifiait bien les liens entre Ordine Nuovo, Avanguardia Nazionale et les responsables des différents ministères. Des sénateurs de la commission d'enquête parlementaire disaient, sans y aller par quatre chemins, que les services et la police brouillaient les cartes à chaque attentat pour paralyser les enquêtes judiciaires. Vinciguerra précisait le fait que, derrière la piazza Fontana, il n'y avait pas que les néofascistes Freda et Ventura, jugés par tout le monde comme étant à l'origine de l'attentat, mais, au-dessus d'eux, toute l'opération avait été dirigée par le Bureau des « affari riservati » du ministère de l'Intérieur. Et puis il s'étendait sur les façons dont Ordine Nuovo et Avanguardia Nazionale s'étaient infiltrés dans les groupes de gauche pour les inciter à commettre des attentats terroristes. Le colonel Oswald Lee Winter, un agent de la CIA, affirmait que les Brigades rouges avaient non seulement été infiltrées, mais recevaient leurs ordres du général Santovito du Service pour les informations et la sécurité militaire, le SISMI.

Dans une interview hallucinante, un des fondateurs des Brigades rouges, Franceschini, arrêté parmi les tout premiers, se demandait, effaré, si par hasard, en agissant de bonne foi, il n'avait pas été manipulé par quelqu'un visant d'autres cibles. Vinciguerra affirmait que Avanguardia Nazionale avait été chargée de diffuser des tracts pro-Mao pour faire naître la terreur de possibles actions pro-chinoises.

Un des commandants de Gladio, le général Inzerilli, ne manifestait aucune hésitation à dire que les dépôts d'armes se trouvaient dans les casernes des carabiniers et que les Gladiateurs pouvaient aller prélever ce dont ils avaient besoin en exhibant (histoire digne d'un roman feuilleton) la moitié d'un billet de mille lires comme signe de reconnaissance. On terminait bien sûr par l'affaire Moro, et par le fait que des agents des services secrets avaient été vus via Fani à l'heure de l'enlèvement. L'un d'eux se justifiait en disant qu'il passait par là parce qu'il était invité à déjeuner chez un ami, sans qu'on puisse comprendre pourquoi il s'y rendait dès neuf heures du matin.

L'ex-chef de la CIA, Colby, niait bien sûr en bloc, mais d'autres agents de la CIA, à visage découvert, mentionnaient des documents où apparaissaient, dans le moindre détail, les salaires que l'organisation versait à des personnes impliquées dans les massacres, par exemple cinq mille dollars par mois au général Miceli.

Comme le soulignait le commentaire, c'étaient sans doute des preuves circonstancielles sur la base desquelles on ne pouvait condamner personne, mais elles suffisaient à inquiéter l'opinion publique.

Nous étions, Maia et moi, sonnés. Les révélations dépassaient toutes les fables les plus exaltées de Braggadocio. « Forcément, disait Maia, il t'a rappelé lui aussi que toutes ces informations circulaient depuis longtemps, sauf qu'elles avaient été effacées de la mémoire collective, il suffisait de consulter les archives des hémérothèques pour réunir les tesselles de la mosaïque. Moi-même, non seulement en tant qu'étudiante mais aussi quand je m'occupais de tendres amitiés, je lisais le journal, qu'est-ce que tu crois, moi aussi j'avais entendu parler de ces choses-là, sauf que moi aussi j'oubliais, comme si chaque nouvelle révélation gommait la précédente. Il suffisait de tout remettre sur le tapis, Braggadocio l'a fait, et la BBC aussi. Mélange, tu as deux cocktails parfaits, et tu ne sais plus lequel est le plus authentique.

— Oui, mais Braggadocio y a probablement ajouté quelque chose de son cru, comme l'histoire de Mussolini, ou l'assassinat du pape Luciani.

— D'accord, lui c'était un mythomane, et il voyait des complots partout, mais l'essence du problème reste la même.

— Mon Dieu, mais tu te rends compte qu'il y a quelques jours, quelqu'un a tué Braggadocio de peur que tout cela ne refasse surface et à présent, avec cette émission, des millions de personnes seront mises au courant ?

— Mon amour, a dit Maia, c'est justement ta chance. Suppose que quelqu'un, que ce soit les fantomatiques *eux* ou le fou isolé, ait réellement craint que les gens se rappellent certaines choses, ou que ressorte un fait mineur qui nous a échappé à nous aussi devant la télé, mais qui pourrait encore nuire à un groupe ou à un seul personnage… Eh bien, après cette émission, ni *eux* ni le fou n'ont intérêt à vous supprimer toi ou Simei. Si vous alliez demain colporter dans les journaux ce que vous a dit Braggadocio, on vous regarderait comme des exaltés qui répètent ce qu'ils ont vu à la télé.

— Mais peut-être que quelqu'un a peur que nous parlions de ce que la BBC n'a pas évoqué, Mussolini, Luciani.

— Bon. Imaginons que tu ailles raconter l'histoire de Mussolini. Elle était déjà assez invraisemblable de la façon dont l'avait déballée Braggadocio, aucune preuve, que des extrapolations hallucinées. On te dira que tu es un agité qui, excité par l'émission de la BBC, a ouvert les vannes à ses fantasmes privés. En fait, tu ferais leur jeu : ils diront "vous voyez, n'importe quel agitateur peut inventer ce qu'il veut". Et le foisonnement de ces révélations sèmera le doute sur les informations de la BBC. Spéculation journalistique ou délire, comme la rétrologie complotiste de ceux qui disent que les Américains ne sont pas allés sur la Lune ou que le Pentagone s'évertue à nous cacher l'existence des ovnis. Cette émission rend complètement inutile et ridicule toute autre révélation car (quel était ce livre français ?) la réalité dépasse la fiction et, au-delà, personne ne pourrait désormais plus rien inventer.

— Tu penses donc que je suis libre.

— Bien sûr, qui a dit "la vérité vous rendra libres" ? Cette vérité donnera à toute autre révélation des allures de mensonge. Au fond, la BBC leur a rendu un excellent service, à *eux*. Dès demain, tu pourrais te promener en criant à la ronde que le pape égorge des enfants pour les manger ou que c'est Mère Teresa qui a posé la bombe dans l'*Italicus*, et les gens diront "Ah, oui ? C'est curieux", ils se détourneront et continueront à vaquer à leurs petites affaires. Je mets ma main à couper que demain les journaux ne parleront même pas de cette émission. Rien ne peut plus nous troubler dans ce pays. Nous avons essuyé les invasions des barbares, le sac de Rome, le carnage de Senigallia, les six cent mille morts de la Grande Guerre et l'enfer de la Deuxième, alors si tu parles de quelques centaines de personnes, et des quarante ans nécessaires pour les faire gicler... Services détournés ? Il y a de quoi rire par rapport aux

Borgia. Nous avons toujours été un peuple de poignards et de poisons. Nous sommes vaccinés, on peut nous raconter n'importe quelle nouvelle histoire, nous disons que nous en avions entendu de pires, et peut-être celles-ci et celles-là étaient-elles fausses. Si les États-Unis, les services secrets de la moitié de l'Europe, notre gouvernement, les journaux nous ont menti, pourquoi la BBC ne pourrait-elle pas nous avoir menti elle aussi ? Le seul problème sérieux, pour le bon citoyen, c'est de ne pas payer ses impôts, et puis que ceux qui commandent fassent ce qu'ils veulent, de toute façon, ils font toujours leur beurre. Et amen. Tu vois que deux mois avec Simei m'ont suffi, et je suis devenue rouée moi aussi.

— On fait quoi, alors ?

— Avant tout, tu te calmes, demain je vais tranquillement encaisser le chèque de Vimercate, et toi, tu vas à ta banque pour retirer ton argent, si tu en as…

— J'ai économisé depuis avril, j'ai presque l'équivalent de deux salaires, une dizaine de millions, plus les douze millions de lires que m'a donnés Simei l'autre jour. Je suis riche.

— Merveilleux, moi aussi j'ai mis un peu d'argent de côté, on prend tout et on file.

— Filer ? Je croyais que désormais nous pouvions circuler sans crainte ?

— Oui, mais aurais-tu encore envie de vivre dans ce pays où les choses continueront à aller comme avant, où, si tu t'assois dans une pizzeria, tu as peur que ton voisin soit un indic des services, ou qu'il s'apprête à

230

tuer un nouveau juge Falcone, et peut-être en posant une bombe juste au moment où tu passes par là ?

— Mais pour aller où, tu as bien vu que c'est pareil dans toute l'Europe, de la Suède au Portugal, tu veux te réfugier en Turquie parmi les Loups gris et, si on t'y autorisait, en Amérique, où on flingue les présidents, sans compter que la mafia a sans doute infiltré la CIA ? Le monde est un cauchemar, mon amour. Je voudrais bien descendre, mais ils m'ont dit qu'on ne peut pas, nous sommes dans un train direct sans arrêts intermédiaires.

— Mon trésor, nous chercherons un pays où il n'y a pas de secrets et où tout se passe à la lumière du jour. Entre l'Amérique centrale et l'Amérique du Sud, on en trouve un paquet. Rien de caché, on sait qui appartient au cartel de la drogue, qui dirige les bandes révolutionnaires ; tu t'assois au restaurant, passe un groupe d'amis et ils te présentent untel comme le boss de la contrebande d'armes, tout beau, rasé de frais et parfumé, avec le genre de chemise blanche amidonnée qui se porte par-dessus le pantalon, les serveurs s'inclinent, *Señor* par-ci, *Señor* par-là, et le commandant de la Guardia Civil va lui rendre ses hommages. Ce sont des pays sans mystères, tout se passe au grand jour, la police reconnaît être corrompue selon le règlement, gouvernement et pègre convergent selon une sentence constitutionnelle, les banques vivent du recyclage de l'argent sale et malheur à qui n'apporte pas d'autres biftons de provenance douteuse, on lui enlève son permis de séjour, ils se tirent dessus, mais entre eux, et ils laissent les touristes tranquilles. Nous pourrions trouver du travail dans un journal ou dans une maison d'édition, j'ai là-bas des amis qui bossent dans une revue people – une belle et honnête activité, à y repenser maintenant, on raconte des craques mais tout le monde le sait, ça amuse les gens, et ceux dont on dévoile le petit jardin secret se sont déjà confiés la veille à la télévision. L'espagnol s'apprend en une semaine, et voilà, nous avons trouvé notre île des mers du Sud, mon Tusitala. »

Tout seul, je ne sais jamais commencer une action, mais si un autre me passe le ballon, je réussis parfois à mettre un but. Maia est encore naïve, alors que l'âge m'a rendu sage. Et quand on sait être un perdant, la seule consolation, c'est de penser que tous les autres, autour de soi, sont des vaincus, même les vainqueurs.

C'est ce que j'ai répliqué à Maia.

« Mon amour, tu n'as pas remarqué que peu à peu l'Italie devient comme les pays de rêve où tu veux t'exiler. Si nous avons réussi, d'abord à accepter, puis à oublier tout ce que nous a raconté la BBC, ça signifie que nous sommes en train de nous habituer à perdre tout sentiment de honte. Tu n'as pas vu comment les personnes interviewées racontaient sans gêne qu'elles avaient fait ceci ou cela, s'attendant presque à une médaille ? Plus jamais de clair-obscur dans le baroque, c'est bon pour la Contre-Réforme, les trafics émergeront à l'air libre, comme si les impressionnistes les

232

peignaient : corruption autorisée, le mafieux officiellement au Parlement, le fraudeur du fisc au gouvernement, et en prison, les seuls voleurs de poules albanais. Les gens bien continueront à voter pour des canailles car ils ne croiront pas la BBC, ou ne verront pas d'émission comme celle de ce soir parce qu'ils seront scotchés devant quelque chose de plus trash. Peut-être les télé-achats de Vimercate finiront-ils en *prime time* et, si on assassine quelqu'un d'important, on lui fera des funérailles d'État. Nous, nous restons hors jeu : moi, je me remets à traduire de l'allemand et toi, tu retournes à ta revue de coiffeurs pour dames et salles d'attente de dentistes. Quant au reste, un bon film le soir, les week-ends ici, à Orta – et que les autres aillent au diable. Il suffit d'attendre : une fois notre pays assimilé d'une manière définitive au tiers-monde, il sera pleinement vivable, comme si tout était Copacabana, la femme est reine, la femme est souveraine. »

Maia m'a redonné la paix, la confiance en moi-même, ou du moins une calme défiance envers le monde qui m'entoure. La vie est supportable, il suffit de se contenter de ce qu'on a. Demain (comme disait Scarlett O'Hara – autre citation, je sais, mais j'ai renoncé à parler à la première personne, je laisse parler les autres) est un autre jour.

L'île Saint-Jules resplendira de nouveau sous le soleil.

Table

Du même auteur :

Romans

LE NOM DE LA ROSE, traduction de Jean-Noël Schifano, Grasset, 1982 ; édition augmentée d'une Apostille traduite par Myriem Bouzaher, Grasset, 1985. Édition revue et augmentée par l'auteur, Grasset, 2012.

LE PENDULE DE FOUCAULT, traduction de Jean-Noël Schifano, Grasset, 1990.

L'ÎLE DU JOUR D'AVANT, traduction de Jean-Noël Schifano, Grasset, 1996.

BAUDOLINO, traduction de Jean-Noël Schifano, Grasset, 2002.

LA MYSTÉRIEUSE FLAMME DE LA REINE LOANA, *roman illustré*, traduction de Jean-Noël Schifano, Grasset, 2005.

LE CIMETIÈRE DE PRAGUE, traduction de Jean-Noël Schifano, Grasset, 2011.

CONFESSIONS D'UN JEUNE ROMANCIER, traduction de François Rosso, Grasset, 2013.

L'ŒUVRE OUVERTE, Le Seuil, 1965.

LA STRUCTURE ABSENTE, Mercure de France, 1972.

LA GUERRE DU FAUX, traduction de Myriam Tanant avec la collaboration de Piero Caracciolo, Grasset, 1985 ; Les Cahiers Rouges, 2008.

LECTOR IN FABULA, traduction de Myriem Bouzaher, Grasset, 1985.

PASTICHES ET POSTICHES, traduction de Bernard Guyader, Messidor, 1988 ; 10/18, 1996.

SÉMIOTIQUE ET PHILOSOPHIE DU LANGAGE, traduction de Myriem Bouzaher, PUF, 1988.

LE SIGNE : HISTOIRE ET ANALYSE D'UN CONCEPT, adaptation de J.-M. Klinkenberg, Labor, 1988.

LES LIMITES DE L'INTERPRÉTATION, traduction de Myriem Bouzaher, Grasset, 1992.

DE SUPERMAN AU SURHOMME, traduction de Myriem Bouzaher, Grasset, 1993.

LA RECHERCHE DE LA LANGUE PARFAITE DANS LA CULTURE EUROPÉENNE, traduction de Jean-Paul Manganaro ; préface de Jacques Le Goff, Le Seuil, 1994.

SIX PROMENADES DANS LES BOIS DU ROMAN ET D'AILLEURS, traduction de Myriem Bouzaher, Grasset, 1996.

ART ET BEAUTÉ DANS L'ESTHÉTIQUE MÉDIÉVALE, traduction de Maurice Javion, Grasset, 1997.

COMMENT VOYAGER AVEC UN SAUMON, traduction de Myriem Bouzaher, Grasset, 1998.

KANT ET L'ORNITHORYNQUE, traduction de Julien Gayrard, Grasset, 1999.

CINQ QUESTIONS DE MORALE, traduction de Myriem Bouzaher, Grasset, 2000.

DE LA LITTÉRATURE, traduction de Myriem Bouzaher, Grasset, 2003.

À RECULONS COMME UNE ÉCREVISSE. *Guerres chaudes et populisme médiatique*, Grasset, 2006.

DIRE PRESQUE LA MÊME CHOSE. *Expériences de traduction*, traduction de Myriem Bouzaher, Grasset, 2007.

DE L'ARBRE AU LABYRINTHE. *Études historiques sur le signe et l'interprétation*, traduction d'Hélène Sauvage, Grasset, 2010.

CONFESSIONS D'UN JEUNE ROMANCIER, traduction de François Rosso, Grasset, 2013.

CONSTRUIRE L'ENNEMI ET AUTRES ÉCRITS OCCASIONNELS, traduction de Myriem Bouzaher, Grasset, 2014.

Le Livre de Poche s'engage pour
l'environnement en réduisant
l'empreinte carbone de ses livres.
Celle de cet exemplaire est de :
200 g éq. CO₂
Rendez-vous sur
www.livredepoche-durable.fr

PAPIER À BASE DE
FIBRES CERTIFIÉES

Composition réalisée par PCA

Imprimé en France par CPI
en mars 2016
Nᵒ d'impression : 3016306
Dépôt légal 1ʳᵉ publication : avril 2016
LIBRAIRIE GÉNÉRALE FRANÇAISE
31, rue de Fleurus - 75278 Paris Cedex 06

15/8321/4